KB179355

현대인을 위한
고전 다시 읽기
01

논

어

논어

論語

[김영 평역]

청아출판사

　지금 우리는 불안하고 위태로운 시대를 살고 있다. 우리의 현실은 지속 가능한 경제 발전의 신화가 깨어지고, 생존을 위협할 정도로 자연환경이 파괴되고 있으며, 개인과 집단 그리고 국가 간의 관계도 점점 치열한 경쟁 관계로 바뀌고 있다. 게다가 오늘날에는 인간의 정신을 자유롭게 하는 지식마저 사고파는 황금만능주의와 아름다운 마음씨는 쓸데없는 것으로 여기고 선한 행동은 바보 같은 짓으로 취급당하는 도덕적 냉소주의가 만연하고 있다. 당장 눈앞에 보이는 이득만을 중시하고 보이지 않는 정신적 가치와 윤리는 경시하며, 생각하는 것 자체를 싫어하고 감각적이고 즉흥적인 것만 추구하는 요즘 사회 분위기는 정말 문제라고 하지 않을 수 없다.

　이러한 위기와 혼돈의 시기에 우리들은 무엇을 할 수 있으며, 무엇을 해야 하는가. 필자는 전공이 한문학이어서 자연히 이런 문제의 해결 방안을 우리의 유교적 문화 전통에서 찾아보려고 노력해 왔다. 어려운 역사 현실 속에서도 의연한 삶을 살았던 선비의 정신을 재조명해 보기도 하고, '논어특강'을 강의하면서 공자의 가르침과 원시유학(原始儒學)의 실천적 의미를 탐색해 보기도 하였다. 이러한 노력은 자칫 어려운 오늘날의 문제를 복고적 취향에서 낭만적으로 해결하려는 게 아니냐는 우려를 자아낼 수도 있겠지만, 현실에 대한 문제의식과 미래에 대한 비전을 염두에 두고, 옛것을 배워 새로운 것을 창조할 줄 아는 지적 긴장감만 유지한다면 나름대로 의미 있는 일이 되지 않을까 생각한다.

이 책은 이러한 문제의식에서 쓰인 것이다. 서장에서 먼저 공자와 《논어》에 대한 간략한 해설을 마련하여 이에 대한 기초적 이해를 도모한 뒤, 《논어》 가운데 우리들의 삶을 여유 있고 풍요롭게 해 줄 수 있다고 생각되는 지혜의 말씀들을 오늘날의 관점에서 열 개의 주제로 재구성하여 10장으로 편집한 뒤, 그것이 가진 현재적 의미를 풀이해 보았다.

필자는 30년 전 큰 선생님들 문하에서 한문 공부를 한 이래, 여러 선학들의 논어 해석서로부터 큰 깨달음을 얻으면서도 약간의 의심과 불만도 없지 않았다. 그래서 오늘날의 관점에서 약간의 새로운 해석이 필요하지 않을까 하고 생각을 해 왔다. 이제 그동안 대학 교재로 만든《논어를 읽는 즐거움》을 바탕으로 새롭게 책을 내면서, 젊은이들이 쉽게《논어》에 접근할 수 있도록 간명한 해석을 시도해 보았다.

아직 나의 공부는 여러모로 부족하고 생각도 영글지 못했지만, 이번에 이러한 책을 내게 된 것은 어려운 현실을 살아가는 젊은이들에게 동양 고전의 지혜와 여유를 전해 주고 싶다는 청아출판사 이상용 사장님의 간곡한 권유를 마다할 수 없었기 때문이다. 보잘 것 없는 이 책이 그 뜻에 조금이라도 도움이 되기를 바라지만, 공자의 학문과 사상을 제대로 이해하고 전달하고 있는지 걱정이 앞선다.

끝으로 《논어》의 원문과 해석을 검토해 준 조지형 박사에게 고마움을 전하고, 이 책을 편집하는 과정에서 수고해 준 청아출판사 편집부에게 감사의 말씀을 드린다.

2014년 3월

에린이의 손을 잡고 공원 거닐 날을 기다리며,

김영

차례

【첫 번째 장】 **배우는 즐거움**

【열 번째 장】 덕으로 다스리는 정치

공자와 논어의 기초적 이해

1. 공자의 생애와 그 시대

공자의 생애

공자(孔子)는 기원전 551년 오늘날 산동성(山東省) 곡부(曲阜) 지방인 노(魯)나라의 작은 마을 추읍(陬邑)에서 태어났다. 이 때는 인도에서 석가모니가 태어난 지 10여 년 뒤이고, 소크라테스가 태어나기 얼마 전 시기에 해당한다. 공자는 은(殷) 나라 왕족의 몰락한 후예의 집안에서 출생했다고 전해지는데, 그의 아버지는 하급 무사였던 숙량흘(叔梁紇)이었고, 어머니는 아버지보다 훨씬 나이가 어린 안징재(顔徵在)였다. 공자의 어머니 안징재는 이구산(尼丘山)에 남몰래 치성을 드려 공자를 낳았고 공자의 머리가 움푹 들어갔기 때문에 공자의 이름을 구(丘), 자를 중니(仲尼)라고 하였다고 한다.

공자가 태어날 때 그의 집안은 불우하였다. 더구나 세 살

때 아버지를 여의었기 때문에 매우 가난하고 외롭게 자랐다. 아버지가 돌아가셨을 때 장례식마저 제대로 치르지 못할 정도였던 모양이다. 당시 공자의 집안은 몰락하여 겨우 벼슬을 할 수 있는 계급인 사(士)에 속해 있었다. 사 계급은 위로는 귀족과 대부, 아래로는 서민의 중간에 있어 벼슬살이를 하지 않으면 매우 가난한 생활을 할 수밖에 없는 존재였다.

그래서 공자는 18살에 과부가 된 어머니를 모시느라 여러 비천한 일들을 해야만 했고, 공부도 15세가 되어서야 시작할 수 있었다. 늦게 시작한 공부이지만 공자는 배우는 데 있어서만은 누구에게도 뒤지지 않을 정도로 열정과 자부심을 가졌다. 그는 아침에 도를 깨달으면 저녁에 죽어도 좋겠다고 할 정도로 배움에 대한 간절한 소망을 지녔고, 자기처럼 배우고 묻기를 좋아하는 사람은 없을 것이라는 자부심도 가졌다. 그 당시에 공자가 공부한 것은 아마 역사, 경전, 문학, 예악(禮樂), 산수, 글쓰기, 활쏘기, 말 몰기 등이었을 것이다.

공자는 일정한 스승의 지도 없이 여러 인물들에게 두루 배웠으며, 나중에는 주(周)나라로 가서 노자(老子)를 찾아뵙고 예(禮)에 대해 묻기도 했다. 이렇게 해서 공자는 20대에 벌써 당시 노(魯)나라에서 무시 못 할 인물이 되었으며, 제자들을 모아 가르치기 시작했다. 그리하여 공자는 22세의 나이로 이미 높은 학식을 인정받고 이름을 얻었다. 그는 성의 있게 공부하고자 하는 학생들로부터는 그들의 능력에 적절한 폐백(幣帛)을 받고 그들의 수준에 알맞은 공부를 시켰다. 나중에 벼슬도 허였지만, 공자의 일생을 통틀어 보면 젊은 시절부터 죽기 직전까지 가장 많은 시간을 남을 가르치는 데 보낸 직업적인 교육자로서의 면모를 확인할 수 있다. 그리하여 덕행에 뛰어난 제자로는 안연(顏淵), 민자건(閔子騫), 염백우(冉伯牛), 중궁(仲弓) 같은 인물을 꼽을 수 있고, 언어에 능한 이로는 재아(宰我)와 자공(子貢)이 있다. 정사에 유능한 제자로는 염유(冉有)와 계로(季路)가 있으며, 문학을 잘하는 이로는 자유(子游)와 자하(子夏) 같은 인물을 꼽을 수 있는 등 각 분야에 뛰어난 수많은 인재들이 배출되었다.

공자 나이 24살 되던 기원전 528년에 공자의 어머니는 마흔의 나이로 세상을 떠났다. 어머니를 방(防) 땅에 아버지와 합장하여 묻고 삼년상을 지낸 뒤, 다시 2, 3년 지나서야 배우고 가르치는 일을 계속했다.

공자가 꿈꾸던 세상은 예(禮)와 덕(德)과 문(文)이 지배하는 사회였다. 그래서 공자는 그러한 이상을 실현한 주(周)나라를 동경하였고, 당시의 권세 있는 대부(大夫)들이 제후(諸侯)들을 무시하고 권력을 농단하는 사태를 못마땅하게 생각하였다. 공자가 정치에 관여한 것은 필연적인 것이었다. 공자가 살던 춘추(春秋) 시대는 국가 간 혹은 나라 안에서 약육강식의 힘의 논리가 횡행하여 온갖 명목의 전쟁과 난리가 연이어 일어나 민중들은 피폐할 대로 피폐해진 시대였다. 기본적으로 인(仁)의 실천, 곧 백성을 사랑하는 것을 자기의 임무로 생각했던 공자로서는 그러한 현실을 목도하고도 책이나 읽고 학생을 가르치는 일에만 매달려 있을 수는 없었다. 그래서 그는 정치에 관여하게 되었다.

공자는 당시 정치가들에게 자기의 덕치주의(德治主義)를 설파하고자 수레를 타고 여러 나라를 주유하기도 하였고, 직접 벼슬을 맡아 자기의 이상을 실현하려고 노력하기도 하였다. 그러나 현실 정치의 벽은 그의 꿈을 실현하기엔 너무나 두터웠고, 많은 좌절을 겪고 오해를 받기도 하였다. 그러나 그의 합리적인 도덕정치철학은 시대를 넘어 후대에 계승되어 한(漢)나라에서 국정 이념으로 채택된 이래, 동양 역사상 큰 영향력을 행사하게 되었다.

이렇게 위대한 교육자이자 뛰어난 정치철학자로서의 일

생을 보낸 공자도 인간적으로는 매우 불행하였다. 앞에서 언급한 것 같이 어려서 어버이를 여의었을 뿐만 아니라 자기의 아들 리(鯉)와 가장 아끼던 제자 안연(顔淵)을 먼저 보내는 슬픔을 겪었으며, 여러 나라를 떠도는 가운데 양식이 떨어지기도 하고 목숨의 위협을 받기도 하였다. 그래서 노년에는 이런 모든 것을 잊고 《시경(詩經)》,《서경(書經)》,《춘추(春秋)》 같은 책을 엮고,《역경(易經)》에 재미를 붙여 책을 묶은 끈이 세 번이나 떨어질 정도로 공부하는 한편, 고향에서 이상이 큰 젊은이들을 가르치는 일에 전념하다가 기원전 479년 73세를 일기로 세상을 떠났다.

공자와 그 시대

공자가 태어난 기원전 5~6세기는 춘추 시대 말기에 해당한다. 그 시대는 주 왕조의 권위가 땅에 떨어지고, 중국은 12개의 제후국(諸侯國)으로 갈라져 서로 패권을 다투던 때였다. 제후 사이에 치열한 각축전이 벌어졌을 뿐만 아니라 제후국 안에서도 내란이 빈번히 일어났다. 제후들이 행사하던 권력이 점차 힘센 대부가(大夫家)의 수중으로 넘어가고 있던 때였다. 공자는 이러한 시대를 살면서 국제적인 전쟁과 무정

부적 혼란 상황을 그냥 보고 있을 수 없었다. 이에 붓을 들어 임금을 시해한 난신(亂臣)과 아버지를 살해한 적자(賊子)들의 무도한 하극상 행위를 역사에 기록해 당시 사람들의 반성을 촉구하고자 《춘추》를 편찬하게 되었다고 한다.

공자의 조국 노나라도 춘추 시대에 들어와 계손씨(季孫氏), 숙손씨(叔孫氏), 맹손씨(孟孫氏) 등 세 대부가의 세력이 커지면서 그들이 나라의 정치와 군권을 손에 쥐게 되었다. 이들 중에서도 특히 계손씨의 권세가 강하여 양공(襄公)의 뒤를 이은 소공(昭公)을 내쫓는 일까지 자행하였다. 노나라는 북쪽으로는 제(齊)나라, 남쪽으로는 오(吳)나라 등 강대국 사이에 있는 조그만 제후국이었다. 하지만 주나라 왕실과는 매우 가까운 나라였으며, 수도 곡부에는 예악과 문물이 넘치고 있었다. 당시의 전반적인 시대 상황은 이처럼 혼란했지만, 노나라에는 아직도 주나라의 예치주의(禮治主義)의 영향이 크게 남아 있었다. 때문에 공자도 이런 사회, 문화적 분위기 속에서 그의 사상과 정치철학을 형성할 수 있었던 것이다.

이 시대에 주나라와 노나라를 제외하고 문화를 발전시키던 나라는 은나라의 전통을 계승한 송(宋)나라와 주나라의 왕자 조(朝)가 반란을 일으켰다 실패하고 자기 나라의 전적과 인재들을 데리고 도망친 초(楚)나라를 들 수 있다. 이런 사정으로 초나라는 주 왕조를 대신하여 노나라, 송나라와 함께 3대 문화 중심지가 된다. 그리하여 이 나라들에서는 제각기 다른 학문과 학자들이 배출되어 독특한 학파를 형성하게 되었다. 노나라에서는 공자가 '수기치인(修己治人)'을 강조하는 유가(儒家)를 이룩하였고, 송나라에서는 묵자(墨子)가 '두루 사랑할 것(兼愛)'을 주장하는 묵가(墨家)를 형성하였다. 초나라에서는 노자(老子)가 '의식적인 행위를 버리고 자연의 이치에 순응할 것(無爲自然)'을 강조하는 도가(道家)를 발전시켰다. 이러한 사상을 바탕으로 하여 전국 시대에 들어가서는 소위 '제자백가(諸子百家)'라 부르는 수많은 유파의 사상가들이 백가쟁명(百家爭鳴)으로 출현한 것이다.

공자는 이러한 시대 분위기 속에서 당시 문제를 극복할 사상을 모색하였던바, 기본적으로 자신과 노나라에 큰 영향을 주었던 주나라의 문화 전통을 발전적으로 계승하여 예와 덕을 근간으로 하는 유가 철학을 성립하게 되었다.

2. 논어의 편찬과 해석의 관점

논어의 편찬과 진위(眞僞) 문제

《논어》는 공자가 죽고 난 후 한참 뒤에 손제자(孫弟子)들에 의해 편찬되었다. 위대한 성인들이 그렇지만, 공자도 세상을 바로잡고 자기의 사상을 전파하느라 시간이 부족했기 때문에 직접 저술할 여유를 갖지 못했다. 또 직접 글을 써서 후세에 남기려 하지 않은 데에는 그 자신이 '과거의 문헌을 풀이하되, 새로운 글을 짓지는 않는다(述而不作, 信而好古)'라 한 것에서 알 수 있듯이 과거의 문화 전통을 존중하는 호고주의적(好古主義的) 사상이 한몫을 하기도 했다.

아무튼 공자는 글을 하나도 남기지 않고, 단지 '위대한 사상이 담긴 말씀'만을 남기고 떠났다. 공자가 세상을 떠난 후 제자들은 자기들이 존경해 마지않는 스승의 말씀을 잊지 않고 후세에 전하고자 그동안 스승의 말씀을 듣고 옷깃이나 나뭇조각에 기록한 것들과 구전으로 기억한 내용들을 모으기 시작했다. 이 작업은 주로 증자와 그 제자들에 의해 이루어졌다고 하는데, 이렇게 해서 우리는 오늘날 공자의 위대한 말씀을 한 권의 책으로 볼 수 있게 되었다.

이러한 사정은 《한서(漢書)》〈예문지(藝文志)〉에서 확인할 수 있다. 〈예문지〉에서는 《논어》에 대해 이렇게 기술하고 있다.

논어는 공자가 제자 및 당시 사람들과 응답한 것, 제자들이 서로 나눈 대화와 스승의 말을 접해 들은 것을 제자들이 각기 기록하였다가 공자가 죽은 뒤 문인들이 서로 모아 논찬한 것인데, 그래서 이 책을 논어라 한다.

위에서 말한 대로 《논어》라는 책 제목은 '공자의 말씀을 논찬한 글(論纂孔子之語)'이라는 말이다. 처음에 구전이나 단편적인 기록으로 떠돌던 공자의 말씀들이 어느 시기에 와서 한 권의 책으로 편찬되었다는 의미를 담고 있다.

지금 우리는 20편으로 된 《논어》를 보고 있지만, 학자들의 연구에 의하면 그 가운데 앞의 10편이 원전(原典)이며, 그 다음의 다섯 편은 나중에 추가되었고, 16편에서 20편까지는 더 늦게 첨가되었다고 한다. 그래서 우리가 《논어》를 읽다 보면 같은 구절이 중복되는 곳과 착간되어 있는 곳을 종종 발견할 수 있으며, 뒷부분으로 가면 이것이 과연 공자가 한 말씀일까 의심되는 곳도 만날 수 있다. 이것이 소위 진서(眞書)와 위서(僞書) 문제이다.《논어》는《서경》처럼 이 문제가 심각하지는 않지만, 뒷부분에는 위서로 의심되는 구절들이 보이기도 한다. 예컨대 〈향당(鄕黨)〉편은 주로 군자가 실천해야 할 행동거지를 밝힌 내용인데, 이것은 아마 당시에 전래되던 예론(禮論)이 약간 개작되어《논어》에 삽입된 것으로 보이며, 〈계씨(季氏)〉, 〈미자(微子)〉, 〈요왈(堯曰)〉편에도 공자와 그 제자들의 언행과는 별로 상관없는 내용들이 삽입된 것을 볼 수 있다.

그러나 우리는 몇몇 위서로 의심할 만한 점들을 발견함에도《논어》전체의 신빙성은 믿어도 좋을 것 같다. 〈자하(子夏)〉편에 보이는 제자들의 논쟁이나 공자의 권위에 손상이 갈 만한 구절들도 사실 그대로 기록되어 있는 것을 보면, 이러한 신빙성은 더욱 굳어진다 하겠다.

그러므로《논어》는 공자와 관련된 기록을 담고 있는《사기(史記)》〈공자세가(孔子世家)〉나《좌전(左傳)》과 함께 공자의 생애와 사상을 살필 수 있는 가장 신뢰할 만한 텍스트임은 분명하다 할 것이다.

논어를 바라보는 관점

서양의 정신사는 기독교 성서를 신 중심으로 해석하느냐 아니면 인간 중심으로 해석하느냐 하는 문제를 둘러싸고 벌어진 논쟁의 역사이다. 동양의 사상사 역시 불교 경전과 유교 경전을 역사의 진진과 시대의 요청에 따라 어떻게 볼 것인가를 놓고 고심한 자취로 이루어졌다고 할 수 있다. 그런데 우리가 잘 아는 것과 같이 유교적 전통을 근간으로 한 동양 사회에서 공자의 《논어》는 절대적 권위를 가진 경서로 대접받아 왔다. 다만 시대의 변화와 요구에 따라 그 심오한 의미를 재해석하기 위해 여러 현자들이 노력하였다. 인문, 사회과학에서는 언제나 연구의 시각과 방법론이 문제가 되지만,《논어》처럼 많은 함축적 표현과 상징적 의미를 가진 경전의 경우에는 이런 관점이 더욱 문제가 된다.

예를 하나 들어 보자. 〈옹야(雍也)〉편에 '고불고고재고재(觚不觚觚哉觚哉)'란 구절이 있다. 고(觚)는 '모가 난 술잔'인데, 이 구절을 술을 좋아하는 사람이 보면 고(觚) 자를 '술잔으로 술을 마시다'라는 동사로 보고 '술을 마실까, 마시지 말까? 마시자, 마시자!(觚, 不觚? 觚哉, 觚哉!)'로 해석할 수 있다. 그러나 전통적인 해석은 '고(觚)가 고답게 모가 나지 않으면 고라고 하겠는가, 고라고 하겠는가!(觚不觚, 觚哉, 觚哉!)'이다. 말하자면 소금이 짠맛을 잃으면 소금이라고 할 수 있겠느냐는 의미일 것이다.

이와 같이 경전은 그 시대의 객관적인 요구와 논자의 주관적인 인식, 관심에 입각해 다르게 해석된다. 그러면 오늘날 우리들은 《논어》를 어떤 관점에서 바라보아야 하는가. 사람의 관심에 따라 다양한 관점이 있겠지만, 현재 우리 시대의 시대정신과 필요성에 입각해서 살펴봐야 한다는 데는 모두가 동의할 것이다.

우리 사회는 산업화를 거치면서 어느 정도 경제적 안정을 확보하게 되었고, 정보 통신과 과학의 발전으로 신속함과 편리함을 누리게 되었다. 그러나 이러한 물질적 풍요가 반드시 삶의 행복을 가져다 준 것만은 아닌 것 같다. 요즘 들어 학자들은 자주 인간의 탐욕으로 인한 지구의 생태학적 위기를 경고하고 있고, 치열한 경쟁 사회 속에서 벌어지는 인간의 정체성 상실과 도구화 같은 비인간화 문제를 심각하게 우려하고 있다. 오늘날 우리 사회의 자본주의적 현실은 이러한 문명사적 위기 속에서 심각한 국제 분쟁과 그로 인한 국내 문제들로 인해 항상 위기에 처해 있으며, 현대인들은 다른 나라나 사람을 경쟁 상대로만 인식하도록 몰아가는 사회 분위기와 효율성 지상주의로 인한 만성적 해고 위협과 온갖 스트레스에 시달리고 있다.

필자는 이러한 시대에는 무엇보다 인간을 따뜻하게 바라볼 수 있는 인문 정신의 회복이 급선무리고 생각한다. 과학기술이 생명을 복제할 수 있는 단계까지 이른 상황에서 이를 통제할 인간 이성의 회복, 인간의 생존마저 위협할 정도로 파괴된 자연환경과 만성화되어 가는 전 지구적 경제 위기를 극복할 수 있는 윤리와 도덕의 회복이 절실히 요청된다고 하지 않을 수 없다. 필자 같은 인문학도가 그 대안과 프로그램을 구체적으로 제시할 수는 없지만, 인문학적인 모색을 통해 해결 방향을 어느 정도 마련해야 할 책임감을 느낀다. 머리말에서도 언급하였듯이 이러한 생각에서 《논어》를 다시 살펴보고 싶었다. 신휴머니즘의 관점이라고 할 수 있을까. 인간을 인간으로 바라보고, 가난하더라도 더불어 살 수 있는 사회를 만들 수는 없을까 하는 바람을 가지고 필자는 《논어》를 읽었다. 이 책은 바로 이러한 시도의 소산이다.

재해석의 역사

경전(經傳)이란 말은 '성경현전(聖經賢傳)'의 준말로, 성인의 말씀을 기록한 경(經)과 그것을 풀이한 현인(賢人)들의 전(傳)을 함께 지칭한다. 공자의 위대한 사상을 담고 있는《논어》에 대해서도 수많은 주석서와 번역서들이 나와 나름대로 이 책의 본문이 갖는 원래 의미와 그 역사적 함의를 해명하려고 노력하였다. 유가사(儒家史)는 경전을 둘러싼 논쟁과 해석의 역사였다고 할 수 있을 정도로, 각 시대마다, 각 논자마다 다양한 해석을 내놓고 자기 논리의 출발점으로 삼았다.

《논어》원전의 권수도 시대에 따라 다르며 주석서도 엄청나게 많아 이 자리에서 전부 소개하기는 어려우므로 중요한 것들만 추려서 소개해 보기로 한다.

몇 구절밖에 전하지 않지만 가장 오래된 원문으로는 후한(後漢) 영제(靈帝) 시대의《희평석경(熹平石經)》을 들 수 있고, 현재 우리들이 보는《논어》의 가장 오래된 주석서로는 진(晉)나라 때 하안(何晏)이 당대의 해석을 모은 뒤 자기의 견해를 덧붙인《집해(集解)》가 있다. 그 뒤 주석에 대한 주석을 단 형병(邢昺)의《소(疏)》가 나오기도 했다. 우리나라 선인들이 공부한《논어》는 대부분 송나라 시대 주희(朱熹)가 주해한《논어집주

(論語集注)》이다. 이 책은 오늘날까지 영향력을 행사하고 있을 정도로 그 권위가 절대적이다. 주자의 《논어집주(論語集注)》는 매우 주목을 요하므로 간략히 살펴본다.

이 책을 지은 주희는 주자(朱子)라고 칭송될 정도의 인물로, 공자-중자-자사-맹자로 이어지는 유가의 도통을 이었다고 평가된다. 그는 당시 백성을 성리학적 이념으로 교화시키기 위하여 《소학(小學)》을 편찬하는 한편, 《논어》를 비롯한 유가 경전을 이러한 각도에서 해석하는 방대한 작업을 수행하였다. 이러한 주자의 거경궁리(居敬窮理)를 강조한 관념 철학은 불교 심학(心學)의 영향도 있었던 것으로 보인다. 하지만 시간이 지남에 따라 원시유학이 가지고 있던 실천적이고 민본적인 사상이 상당히 거세되고 인간 심성의 수양과 윤리도덕이 강조되는 중세 봉건 사회의 이데올로기적 성격을 강하게 지니게 되었다.

이런 관점과 유가 경전의 해석 태도에 대해 조선 후기의 실학자들은 매우 비판적이었다. 박세당(朴世堂), 윤휴(尹鑴), 허목(許穆) 같은 초기 실학자들은 주자의 성리학이 사상계를 완전히 지배하던 당시에 주자의 경전 해석 태도를 주자의 논리를 동원하여 비판하는, 조심스럽지만 중요한 작업을 감행한다. 그리하여 그들 중 일부는 소위 '사문난적(斯文亂賊)'으로 몰려 곤욕을 치르기도 하지만, 이들은 《논어》 같은 경전을 공부함에 있어 '하나의 주석서에 전적으로 매달리지 마라(勿全靠於一書)'라는 실로 용기 있는 주장을 한다. 여기에서 '하나의 주석서'란 말할 것도 없이 주자의 집주를 가리킨다. 이러한 주자의 주석에 대한 비판은 다산(茶山) 정약용(丁若鏞)의 《논어고금주(論語古今注)》에서 더욱 체계적인 저술을 통해 이루어졌다. 실학자들은 주자의 주석서 이외에도 다른 주석서와 책들을 보아야 한다는 박학(博學)을 강조하거나 형이상학적인 경전 해석을 지양하고 실천적 문제의식과 친애민중(親愛民衆)적 관점에서 경전을 재해석하는 등 실학자다운 학문적 노력을 경주하였다. 이러한 학문 자세는 중세를 극복하고 근대를 향한 그들의 사상적 지향을 보여 주는 것으로, 우리나라 유학사의 전개에 있어서도 획기적인 의의를 지닌다.

이와 같이 《논어》로 대표되는 유가 경전은 고대, 중세, 근대, 현대를 거치는 동안 각 역사 시기의 시대정신과 필요성에 따라 다르게 해석되며, 그것을 보는 논자의 인식과 관심에 따라 다양하게 해석된다. 그래서 정보화 사회 그리고 정약용이 말한 것처럼 '만민을 윤택하게 하고, 만물을 번육하

게 하는(育萬物, 澤萬民)', 자연과 인간이 공존하는 세상을 구가
하는 오늘날에도 인간다운 삶과 바람직한 사회를 꿈꾸는 사
람들에 의해《논어》는 끊임없이 새로운 시각에서 조명될 필
요가 있는 것이다.

3. 제자약전(弟子略傳)

　공자와 제자들이 주고받는 대화의 의미를 제대로 이해하
려면 그 말의 내용, 즉 텍스트에 대한 정확한 의미 파악과 함
께 어떤 상황에서 얘기를 나누었는지 사회적 컨텍스트에 대
한 고려가 있어야 함은 두말할 필요가 없을 것이다.

　그런데 우리가《논어》를 읽다 보면 수많은 제자들이 등장
한다. 그들은 어떤 때에는 자(字)로 불리고, 어떤 때에는 이
름으로 불려 혼동을 일으킨다. 그래서 우리는《논어》를 읽기
전에 공자 제자들의 이름과 자, 그들의 성격을 알아둘 필요
가 있다.

　《사기》〈공자세가(孔子世家)〉에서는 공자의 제자가 3천 명에
이르렀다고 기록하고 있지만, 그중에서도 오랫동안 공자의

가르침을 받았던 가까운 제자는 약 70여 명 정도였다고 한다. 여기에서는 《논어》에 자주 등장하는 제자들에 대해 간략하게 소개함으로써 독자들의 이해를 돕고자 한다.

안회(顔回) 자는 자연(子淵), 흔히 안연(顔淵)으로 불린다. 공자가 가장 총애하던 제자로 주로 칭찬을 받을 때 등장한다. 내성적인 성격으로 남 앞에 나서기를 좋아하지 않았으며, 몸이 약했던지 일찍 죽었다. 집안이 매우 가난했으며, 아버지 안로(顔路)도 공자에게 배웠다.

중유(仲由) 자는 자로(子路) 또는 계로(季路)라 하였다. 공자보다 9세 아래로 제자 중 가장 나이가 많았다. 안회와 대조적으로 공자의 꾸중을 가장 많이 받았는데, 그만큼 그에 대한 공자의 사랑과 관심이 많았다고 할 수 있다. 매우 솔직하고 용기 있는 인물로, 공자는 늘 앞서는 행동을 하는 그를 염려하였다. 위나라 내전 때 자기가 모시던 사람을 구하고자 적진에 뛰어들었다가 비참한 최후를 맞이했다.

염구(冉求) 자는 자유(子有), 주로 염유(冉有)로 불렸다. 정치 능력이 뛰어난 인물로 행정과 군사 방면에 재능을 발휘하였다. 그러나 공자는 계씨의 가신이 된 그가 계씨의 횡포를 막지 못한 데 대해 못마땅하게 생각했다. 능력이 있는데도 자기가 가르친 도를 현실 정치에 구현하지 않는 데 불만이 있었던 것 같다.

단목사(端木賜) 자는 자공(子貢). 위나라 사람으로 외교 방면에 뛰어난 수완을 발휘하였다. 제자 가운데 가장 부자였으며 실물경제에 대한 예측 능력도 뛰어났다. 공자 사후에 상례를 주재할 정도로 공자를 매우 따랐으며 친밀한 관계를 유지하였다. 다른 사람들이 다방면에 능한 그를 보고 공자보다 낫다고 이야기하자 그것을 강력히 부인하고 이해가 부족한 탓이라고 겸양할 정도로 중용의 덕도 갖추었다.

언언(言偃) 자는 자유(子游)이고, 노나라 오군(吳郡) 사람이다. 문학에 뛰어났지만, 예악(禮樂) 방면에도 식견이 깊었다. 20여 살에 벌써 노나라 무성읍의 책임자가 될 정도로 일찍 능력을 인정받았다.

복상(卜商) 자는 자하(子夏)이며, 공자의 제자 중 후배에 속하는 인물. 문학에 재능이 있었으며 성격은 소극적이었던 것 같다. 《시경》, 《서경》, 《예기》, 《악기》, 《춘추》 같은 경전에 대해 누구보다도 깊이 연구하였다. 공자가 가르친 유학의 전승과 발전에 크게 기여한 인물로 평가된다.

증삼(曾參) 자는 자여(子輿). 아버지 증석(曾晳)과 함께 공자에게 배웠는데, 그는 공자의 제자 가운데 효성이 뛰어난 인물로 《논어》에서는 주로 증자(曾子)로 불린다. 이는 아마 그의 문하생들이 《논어》의 편찬에 많이 관여했기 때문일 것이다. 공자 말씀의 깊은 뜻을 누구보다 잘 이해하여 다른 문인들에게 설명하였으며, 가슴에 새길 만한 명언들을 많이 남겨 공자의 후배, 제자 중 가장 존경을 받았다. 그래서 제자가 많았으며, 특히 공자의 손자인 자사(子思)에게 공자의 사상을 전수하기도 하였다.

전손사(顓孫師) 자는 자장(子張). 진(陳)나라 사람으로, 후기의 제자이다. 공자가 행동이 지나치다고 평할 정도로 매사에 의욕적인 인물로 보인다. 배우는 데도 열의가 있었고, 위급한 것을 보면 생명을 내걸 정도로 의협심이 강했다.

민손(閔損) 자는 자건(子騫), 흔히 민자건으로 불린다. 증삼과 함께 효성이 뛰어난 인물로 유명했고, 공자도 그의 효행을 칭송하였다. 또한 권세 앞에도 굴하지 않는 의기도 지닌 인물이었던 것 같다. 당시 권력자인 계씨(季氏)가 그에게 큰 벼슬을 주며 부르려 하자 단호히 거절할 정도로 깨끗하게 처신하였다.

재여(宰予) 자는 자아(子我)로, 말을 아주 유창하게 구사하고 외교 방면에 재능이 있었다. 그러나 공자가 늘 말을 조심할 것을 강조했기 때문에 말 잘하는 재여는 자주 스승의 눈에 거슬렸던 것 같다. 낮잠을 자다가 공자한테 혼나기도 하고 삼년상이 너무 길다고 했다가 꾸중을 듣기도 했다. 공자는 그의 뛰어난 능력을 인정하면서도 번드르르한 말과 논리를 늘 경계했던 것 같다.

염옹(冉雍) 자는 중궁(仲弓)이며, 노나라 사람으로, 공자보다 29세 아래였다. 구변은 없었지만 공자로부터 임금을 시킬 만하다는 평가를 들을 정도로 어질고 덕망 있는 인물이었다.

유약(有若) 《논어》에서는 유자(有子)로도 칭해지는데, 그만큼 후대의 존경을 받았던 모양이다. 그의 모습은 공자와 매우 비슷하였다고 한다. 사회 생활에 있어서 무엇보다도 윤리와 질서를 중시하였고, 백성으로 하여금 풍족한 생활을 하게 하는 것이 정치가의 임무라고 생각한 인물이었다.

염경(冉耕) 자는 백우(伯牛)로, 노나라 사람이다. 공자의 제자 중 열 손가락 안에 꼽힐 정도로 덕행에 뛰어난 인물이었다. 그러나 악질에 걸려 고생하였고, 후대 문헌에서는 그가 문둥병에 걸린 게 아닌가 추측하였다.

그래서인지 공자도 그를 창 너머에서 문병하였던 것 같다.

담대멸명(澹臺滅明) 자는 자우(子羽). 자유의 참모로 활약했던 인물로, 공적인 일이 아니면 윗사람을 개인적으로 만나지 않을 정도로 공사(公私)의 구별이 분명하였으며, 늘 광명정대하여 지름길을 다니지 않았다 한다.

복부제(宓不齊) 자는 자천(子賤). 훌륭한 인격의 소유자로, 공자로부터 참으로 군자답다는 칭찬을 들을 정도의 인물이었다.

원헌(原憲) 자는 자사(子思)로, 원사(原思)로도 불린다. 평소에 재물을 탐하지 않고 벼슬자리를 추구하지 않았던 청렴하고 소박한 풍모를 지닌 인물이었다.

공야장(公冶長) 자는 자장(子長)으로, 공자가 사위로 삼을 정도로 아꼈던 제자이다. 공자는 그를 스스로 절대 나쁜 짓을 할 사람이 아니라고 평하였다.

남궁괄(南宮括) 자는 자용(子容). 정치는 군사력과 형벌로 하는 것이 아니라 덕으로 해야 된다는 공자의 정치사상과 같은 생각을 가지고 우(禹) 임금의 정치를 본받고자 했다. 또한 언행에도 신중하여 공자는 그를 조카 사위로 삼았다.

증점(曾點) 자는 자석(子晳). 아들 증자와 함께 공자를 스승으로 모시고 배운 인물이다. 늦은 봄날 기수에서 목욕하고 무우에서 바람을 쐬고 시를 읊조리며 산책하고 싶다는 포부를 밝혀 공자의 마음을 사로잡았으며, 유가사에서 존경을 받는다.

고시(高柴) 자는 자고(子羔). 공자로부터 우직하다는 평을 들었다.

칠조개(漆雕開) 자는 자약(子若). 공자가 벼슬을 주어도 사양할 만큼 겸손한 인물이었으며, 학문하기를 좋아했다.

사마경(司馬耕) 자는 자우(子牛). 말이 많고 성질이 조급했던 인물이었던 것 같다.

번수(樊須) 자는 자지(子遲). 인(仁)보다는 지(知)의 문제에 관심이 많아 이것저것 공자에게 물어보다가 공자로부터 소인이라는 말을 들었다. 매사에 빨리 성취하려고 하였다.

공서적(公西赤) 자는 자화(子華). 흔히 공서화(公西華)라 불렸다. 그의 집안은 살찐 말을 타고 좋은 옷을 입을 수 있을 정도로 부유하였으며, 종묘의식과 외국 손님을 모시는 예의범절에 밝았다.

무마시(巫馬施) 자는 자기(子旗[期]). 그는 자기의 신념과 맡은 직분에 충실하였으며, 부귀를 탐하지 않은 인물이었다.

【첫 번째 장】

배우는 즐거움

태어나면서부터 진리를 알고 태어난 사람이 있을까. 아무리 천재라 하더라도 타고난 자질을 배움으로 갈고 다듬지 않는다면 어찌 그 재능을 발현할 수 있겠는가. 연암 박지원 선생은 순 임금이나 공자 같은 성인도 밭 갈고, 씨 뿌리고, 질그릇 굽고, 고기 잡는 일부터 정치하는 일까지 다른 사람에게 배우지 않은 것이 하나도 없다고 하였다. 이처럼 세상의 이치를 배우려고 하지 않고, 남에게 물어보는 것을 부끄럽게 여기는 사람은 평생 자기를 고루하고 무식한 처지에 가두어 두는 '우물 안 개구리' 신세로 전락할 것이다.

공자는 어려서 불우한 생활을 하다가 열다섯 살이 되어서야 공부를 시작했던 만학도였다. 그러나 진리에 대한 탐구심과 배우는 열정만큼은 누구에게도 뒤지지 않았다. 그는 배우는 것을 참으로 즐겁게 생각하여, 아랫사람에게 물어보는 것도 부끄럽게 여기지 않을 정도로 진리 앞에 겸손하였다. 그리하여 그는 인류의 큰 스승이 되었다.

공자는 당시 혼란한 춘추전국 시대의 정치를 바로잡아 민생을 안정시키는 데 관심을 가졌으며, 수많은 제자를 포용하여 가르치는 교육자로서 일생을 보냈다. 그는 배우기를 싫어하지 않고, 남을 가르치는 일을 게을리하지 않는 자세가 어찌 나에게만 있겠느냐고 겸양했지만, 당시 제자들의 말대로 그것은 자기 스스로를 말한 것이라 하겠다.

論語

一. 배우는 기쁨

※ 공부의 즐거움 ※ 부지런한 탐구 ※ 생각보다 배움이 먼저 ※ 널리 배우고 ※ 학문
하기를 좋아함 ※ 누구도 나의 스승 ※ 공부하는 사람

01 공부의 즐거움

〈학이學而〉 공자께서 말씀하셨다. "배우고 때때로 그것을 익히면 또한 기쁘지 아니한가? 친구가 먼 곳으로부터 찾아온다면 또한 즐겁지 아니한가? 남들이 알아주지 않더라도 성내지 않는다면 또한 군자답지 아니한가?"

子曰 "學而時習之, 不亦說乎? 有朋自遠方來, 不亦樂乎? 人不
자 왈 학 이 시 습 지 불 역 열 호   유 붕 자 원 방 래 불 역 락 호   인 부

知而不慍, 不亦君子乎?"
지 이 불 온 불 역 군 자 호

《논어》의 첫머리에 나오는 공자의 명언. 배운 것을 완전히 소화하면 마음이 기쁘고, 친구가 오랜만에 찾아와 같이 이야기를 나누면 얼마나 즐거운가. 친구와 더불어 '문주위연(文酒爲宴, 글과 술로 조촐한 잔치를 벌인다)' 하는 즐거움을 말한 것.

說 기쁠 열[悅과 통용] 慍 성낼 온

02

부지런한 탐구

〈술이述而〉 공자께서 말씀하셨다. "나는 태어나면서부터 진리를 안 것이 아니라, 옛것을 좋아하여 부지런히 그것을 탐구한 사람이다."

子曰 "我非生而知之者, 好古敏以求之者也"
자왈   아 비 생 이 지 지 자   호 고 민 이 구 지 자 야

⟡ 공자 같은 성인도 자기가 천재로 태어났다고 자처하지 않고 부지런히 옛것을 좋아해서 부지런히 탐구하는 사람에 불과하다고 겸손했다. 우리 같은 평범한 사람들이야 더 말할 것이 있겠는가.

"나는 어떤 문제에 부딪히면 남보다 시간을 두세 곱절 더 투자할 각오를 한다. 그것이야말로 평범한 두뇌를 가진 내가 할 수 있는 유일한 방법이다." 히로나카 헤이스케, 《학문의 즐거움》

述 풀이할 술, 지을 술   敏 부지런할 민, 재빠를 민

03 생각보다 배움이 먼저

〈위령공衛靈公〉 공자께서 말씀하셨다. "내가 일찍이 종일토록 밥을 먹지 않고, 밤새도록 잠을 자지 않으며 생각해 보았지만 유익함이 없었다. 배우는 것만 같지 못하였다."

子曰 "吾嘗終日不食, 終夜不寢, 以思, 無益. 不如學也."
자왈 오상종일불식 종야불침 이사 무익 불여학야

❀ 처음 공부를 하는 사람은 혼자 생각하는 것보다 먼저 훌륭한 스승이나 선학(先學)들에게 알맞은 교과과정에 따라 체계적으로 배우는 것이 바람직하다. 그런 기반 위에서 자기만의 상상력을 발휘해 독창적인 세계를 형성할 수 있을 것이다. 모든 꽃과 나무는 튼튼한 뿌리에 기반을 둔다.

衛 성씨 위, 나라 이름 위, 지킬 위 靈 신령 령 嘗 일찍이 상 寢 잠잘 침

널리 배우고

〈자장子張〉 자하가 말하였다. "널리 배우고 뜻을 독실히 하며, 절실한 심정으로 묻고 가까운 것을 미루어 생각할 줄 알면, 인이 그 가운데에 있을 것이다."

子夏曰 "博學而篤志, 切問而近思, 仁在其中矣."
자하왈 박학이독지 절문이근사 인재기중의

⚫ 공부하는 자세에 대한 공자 제자 자하(子夏)의 명언. 넓게 두루 배우고 목표를 확실히 하고, 모르는 것이 있으면 간절한 심정으로 물어보며 자기를 미루어 남의 마음을 짐작하라는 말. 아무리 사랑하는 마음이 가득하더라도 그것을 실현할 지혜나 방법을 모른다면 얼마나 안타까운가.

張 베풀 장 博 넓을 박 篤 도타울 독

05 학문하기를 좋아함

〈공야장公冶長〉 공자께서 말씀하셨다. "10가구쯤 되는 조그만 읍에도 반드시 나처럼 진실하고 믿음성 있는 자는 있겠지만, 나처럼 학문을 좋아하는 이는 없을 것이다."

子曰 "十室之邑, 必有忠信如丘者焉, 不如丘之好學也"
자왈 십실지읍 필유충신여구자언 불여구지호학야

❀ 공자는 어려서 불우한 처지에 있었기 때문에 공부할 기회를 갖지 못하다가 열다섯 살에 학문을 시작한 만학도였다. 그래서 더욱 분발했고 배움에 대한 열정이 남달랐다. 위 발언은 공부하는 데 있어서는 결코 남에게 뒤지지 않겠다는 학문에 대한 자부심을 표출한 것이라고 하겠다.

室 집 실 됴 언덕 구, 이름 구

누구도 나의 스승

〈술이述而〉 공자께서 말씀하셨다. "세 사람이 길을 갈 때에는 반드시 내 스승이 있으니, 그중에 선한 사람을 가려서는 그를 따르고, 선하지 못한 자를 가려서는 자신 속의 그런 잘못을 고쳐야 한다."

子曰 "三人行, 必有我師焉, 擇其善者而從之, 其不善者而改之."
자 왈 삼 인 행 필 유 아 사 언   택 기 선 자 이 종 지   기 불 선 자 이 개 지

※ 선생님 가운데는 훌륭한 선생님도 있고, 그렇지 못한 선생님도 있다. 그러나 모두 다 배울 점이 있다. 훌륭한 선생님은 그를 따라 배울 것이며, 그렇지 않은 선생님을 보고서는 '나는 저러면 안 되지' 하는 다짐을 한다면, 그도 역시 반면교사로서의 역할을 하는 것이다. 사마천(司馬遷)도 《사기(史記)》〈열전(列傳)〉에 어진 임금이나 훌륭한 인물뿐만 아니라 걸주(桀紂) 같은 폭군이나 도척(盜跖) 같은 도적도 입전하였다.

師 스승 사   擇 가릴 택

07 공부하는 사람

〈학이學而〉 공자께서 말씀하셨다. "공부하는 사람은 집에 들어와서는 어버이를 섬기고, 집을 나가서는 남을 공경하며, 행동을 삼가고 말을 믿음성 있게 하고, 널리 민중을 사랑하고 훌륭한 사람과 친하게 지내되, 이런 몸가짐을 하고도 남는 힘이 있으면 그때 학문을 해야 한다."

子曰 "弟子入則孝, 出則悌, 謹而信, 汎愛衆而親仁, 行有餘力, 則
자왈   제자입즉효 출즉제 근이신 범애중이친인 행유여력 즉

以學文."
이학문

❀ 공자는 먼저 사람이 되고 나서 공부를 해야 한다는 선행후지(先行後知)를 강조한다. 사람됨이 먼저이고 지식은 그다음이라는 것. 그러나 요즘 세태는 똑똑한 학생을 제일로 친다. 본말(本末)이 전도되었다.

謹 삼갈 근   餘 남을 여

二. 배우는 자세

01 아침에 도를 들으면

〈이인里仁〉 공자께서 말씀하셨다. "아침에 도를 들어 깨달으면 저녁에 죽어도 좋겠다."

子曰 "朝聞道, 夕死可矣."
자 왈 조 문 도 석 사 가 의

※ 진리에 대한 열정이 얼마나 컸으면 아침에 도를 들으면 저녁에 죽어도 소원이 없겠다고 했을까. 이러한 배움에 대한 열정이 결국 공자를 큰 인물로 만든 것은 아닐까. 사마상여(司馬相如)도 "비상한 노력을 한 뒤에 특별한 공적이 있다(有非常之事, 然後立非常之功)."라고 하였다.

朝 아침 조 聞 들을 문

아랫사람에게 묻기

〈공야장公冶長〉 자공이 묻기를, "공문자를 어찌하여 문(文)이라고 시호하였습니까?" 하자 공자께서 다음과 같이 대답하셨다. "명민하면서도 배우기를 좋아하였으며 아랫사람에게 묻기를 부끄럽게 여기지 않았다. 이러한 까닭으로 문이라 부른 것이다."

子貢問曰 "孔文子, 何以謂之文也?" 子曰 "敏而好學, 不恥下問,
자 공 문 왈   공 문 자   하 이 위 지 문 야   자 왈   민 이 호 학   불 치 하 문

是以謂之文也."
시 이 위 지 문 야

❀ 조선 후기 실학자 박지원은 노비라도 자기보다 한 자(字)를 더 안다면 그에게 배워야 한다고 했다. 진리 앞에 겸손하라는 말.

謂 이를 위   恥 부끄러워할 치

03 아는 것과 모르는 것

〈위정爲政〉 공자께서 말씀하셨다. "유야! 너에게 안다는 것에 대해 가르쳐 줄까. 아는 것을 안다고 하고, 모르는 것을 모른다고 하는 것, 이것이 바로 안다는 것이다."

子曰 "由, 誨女知之乎! 知之爲知之, 不知爲不知, 是知也."
자왈 유 회여지지호 지지위지지 부지위부지 시지야

🌸 무엇을 아는지 무엇을 모르는지 분명해야 어디서부터 공부해야 할지 알게 된다. 하나를 알아도 정확히 안다면 그 하나를 미루어 다른 것을 짐작할 수 있을 것이다. 이렇게 공자는 매사에 의욕적이나 좀 흐리멍덩한 제자 중유(仲由, 자로)에게 분별지(分別智)의 중요성을 깨우쳤다.

誨 가르칠 회 爲 말할 위

말없이 진리를 기억하고

〈술이述而〉 공자께서 말씀하셨다. "말없이 진리를 기억하고 배우기를 싫어하지 않으며 남을 가르치기를 게을리히지 않는 것, 이 중에 어느 것이 나에게 있다 하겠는가?"

子曰 "黙而識之, 學而不厭, 誨人不倦, 何有於我哉?"
자왈 묵이지지 학이불염 회인불권 하유어아재

　❀ 진리를 깊이 내면화하고 부지런히 공부하는 것은 지혜롭게 되는 길이고, 즐거운 마음으로 남을 가르쳐 주는 것은 사랑의 구체적 표현이다. 영국의 경제학자 알프레드 마샬은 그의 저서 《경제학원리》〈서문〉에서 공부하는 사람은 차가운 머리와 따뜻한 가슴을 가져야 한다고 했다.

黙 말없을 묵　識 기록할지, 알 식　厭 싫을 염　倦 게으를 권

05 도를 넓히기

〈위령공衛靈公〉 공자께서 말씀하셨다. "사람이 도를 넓히는 것이요, 도가 사람을 넓히는 것은 아니다."

子曰 "人能弘道, 非道弘人."
자왈　인 능 홍 도　비 도 홍 인

❀ 아무리 객관적인 조건이 좋다고 하더라도 사람이 공부하려 하지 않는다면 다 소용없는 일. 그러기에 누군가 "사람만이 희망이다."라고 하지 않았던가.

弘 넓을 홍

내면적 성취를 위한 학문

〈헌문憲問〉 공자께서 말씀하셨다. "옛날 학자들은 자기 자신의 내면적 성취를 위한 학문을 하였는데, 지금 학자들은 남의 눈을 의식한 학문을 한다."

子曰 "古之學者爲己. 今之學者爲人."
자 왈 고 지 학 자 위 기   금 지 학 자 위 인

❀ 공부하는 사람 중에는 자기가 설정한 목표를 향해 공부하는 사람도 있고, 남의 눈이나 평가에 신경을 쓰면서 공부하는 사람도 있다. 전자를 '위기지학(爲己之學)'이라 하고, 후자를 '위인지학(爲人之學)'이라 한다.

겸손한 배움

〈태백泰伯〉 증자가 말씀하였다. "능하면서 능하지 못한 이에게 물어보며, 학식이 많으면서 적은 이에게 물으며, 있어도 없는 것처럼 하고, 가득해도 빈 것처럼 여기며, 자신에게 잘못을 범하여도 따지지 않는 생활 자세를 예전에 내 벗이 일찍이 실천하였다."

曾子曰 "以能問於不能, 以多問於寡, 有若無, 實若虛, 犯而不校,
증자왈   이능문어불능 이다문어과 유약무 실약허 범이불교

昔者, 吾友嘗從事於斯矣."
석자   오우상종사어사의

🌸 아무리 재능이 뛰어난 사람이라도 모든 것을 알 수는 없다. 성현이라도 농사짓는 법은 농부에게, 고기 잡는 법은 어부에게 물어보는 것이 제일 낫다. 낮은 계곡으로 물이 모여들듯이 언제나 마음 문을 열고 자기를 낮춘다면 지혜가 쌓이게 될 것이다.

寡 적을 과   校 따질 교, 학교 교   斯 이 사

三. 배움의 단계

❀ 진리를 즐거워하기 ❀ 예로 요약하기 ❀ 배우고 생각하기 ❀ 안회의 호학 ❀ 체험을 통한 배움

진리를 즐거워하기

〈옹야雍也〉 공자께서 말씀하셨다. "진리를 아는 사람은 진리를 좋아하는 사람만 못하고, 진리를 좋아하는 사람은 진리를 즐거워하는 사람만 못하다."

子曰 "知之者不如好之者, 好之者不如樂之者."
자왈 지 지 자 불 여 호 지 자   호 지 자 불 여 락 지 자

❀ 인간관계에 있어서도 단지 알고 지내는 사람, 좋아하는 사람, 그로 인해 즐겁고 행복해지는 사람의 구별이 있듯이, 진리 탐구에도 진리를 머리로 알고 있는 사람, 진리를 가슴으로 좋아하는 사람, 몸으로 진리를 즐기며 생활하는 사람의 차이가 있다.

02 예로 요약하기

〈옹야雍也〉 공자께서 말씀하셨다. "학문을 널리 배우고, 예로써 요약한다면 도에 어긋나지 않을 것이다."

子曰 "博學於文, 約之以禮, 亦可以弗畔矣夫."
자왈　박 학 어 문　약 지 이 례　역 가 이 불 반 의 부

🌸 이 글은 공자가 제자들에게 공부하는 방법을 일러 줄 때 강조한 말로, 책을 많이 읽되 그 내용을 자기의 문제의식에 입각해서 잘 정리해 두라는 의미로 해석된다. '구슬이 서 말이라도 꿰어야 보배'라는 속담과 같은 뜻으로, 이 글을 줄여 '박문약례(博文約禮)'로 쓰기도 한다.

約 묶을 약, 대략 약　畔 배반할 반, 어긋날 반, 두둑 반

03 배우고 생각하기

〈위정爲政〉 공자께서 말씀하셨다. "배우기만 하고 생각하여 자기 것으로 소화하지 않으면 얻음이 없고, 생각만 하고 보편적인 학문을 배우지 않으면 독단에 빠져 위태로워지기 쉽다."

子曰 "學而不思則罔, 思而不學則殆."
자 왈   학 이 불 사 즉 망   사 이 불 학 즉 태

❀ 학교에서 스승으로부터 체계적으로 강의를 듣더라도 사색의 과정을 거쳐 자기의 것으로 소화하지 않는다면 쉽게 잊히며, 혼자 생각만 하고 그것을 보편적인 학문 체계로 일반화할 줄 모른다면 독단에 빠질 가능성이 많다.

罔 그물 망, 없을 망[亡과 통용]   殆 위태할 태

안회의 호학

〈옹야雍也〉애공이 "제자 중에 누가 학문을 좋아합니까?" 하고 묻자, 공자께서 대답하셨다. "안회라는 자가 학문을 좋아하였는데, 노여움을 남에게 옮기지 아니하고 잘못을 두 번 저지르지 않았는데, 불행히도 명이 짧아 일찍 죽었습니다. 그래서 지금은 없으니, 그 후에는 아직 학문을 좋아한다는 자가 있다는 말을 듣지 못하였습니다."

哀公問, "弟子孰爲好學?" 孔子對曰 "有顔回者好學, 不遷怒, 不
애 공 문   제 자 숙 위 호 학   공 자 대 왈   유 안 회 자 호 학   불 천 노   불

貳過, 不幸短命死矣. 今也則亡, 未聞好學者也."
이 과   불 행 단 명 사 의   금 야 즉 무   미 문 호 학 자 야

⛆ 공자의 제자 안회는 배우기를 좋아하고, 같은 잘못을 두 번 저지르지 않을 정도로 현명하였으며, 남에게 화풀이하지 않을 정도로 인격도 나무랄 데 없었던 모양이다.

孰 누구 숙   遷 옮길 천   怒 성낼 노   貳 두 이   亡 없을 무, 망할 망

05 체험을 통한 배움

〈학이學而〉 자하가 말하였다. "현인을 현인으로 여기기를 미색
(美色)을 좋아하는 마음과 바꿔 하며, 부모를 섬길 때는 능히
그 힘을 다하며, 인군을 섬길 때는 능히 그 몸을 바치며, 친구
와 더불어 사귈 때는 말을 믿음성 있게 한다면, 비록 배우지
않았다고 말하더라도 나는 반드시 그를 배웠다고 하겠다."

子夏曰"賢賢易色, 事父母能竭其力, 事君能致其身, 與朋友交,
자 하 왈   현 현 역 색   사 부 모 능 갈 기 력   사 군 능 치 기 신   여 붕 우 교

言而有信, 雖曰未學, 吾必謂之學矣."
언 이 유 신   수 왈 미 학   오 필 위 지 학 의

❀ 비록 정규학교를 다니지 않았더라도 행동을 올바르게 한다

면 그 사람을 현실 체험을 통해 배운 사람이라고 할 것이다.

형식과 제도보다 내용과 실질이 더 중요하지 않겠는가.

賢 어질 현   易 바꿀 역, 쉬울 이   竭 다할 갈   致 바칠 치, 보낼 치   雖 비록 수

【두 번째 장】

가르침의 도

들에 핀 꽃들도 저마다의 빛깔과 향기가 있고, 계곡의 돌멩이들도 각기 고유한 모양과 무게를 갖고 있는데, 하물며 사람이랴. 이렇게 저마다의 개성과 장점을 가진 사람들을 하나의 기준으로 줄을 세우고, 하나의 잣대로 평가하려고 하는 것은 인간의 존엄과 다양한 가능성에 대한 심각한 도전이 아닐 수 없다. 사람을 키운다는 학교에서 학생들을 시험 점수로만 등수를 매기고, 사회에서는 출신 학교의 서열이나 직위, 봉급의 액수로만 평가한다. 오죽했으면 생텍쥐페리가 '어른들은 오직 숫자에만 관심이 있다'라고 풍자했을까.

봉건 시대에는 지위가 인간의 위치나 운명을 결정했다지만, 오늘날과 같은 다원적인 가치를 추구하는 민주주의 사회에서조차 획일적인 기준을 무차별적으로 적용하는 것은 큰 문제이다. 그런데 신분 간 구분이 뚜렷했던 옛날에도 성인이나 현자들은 모두 인간의 존엄과 다양한 개성을 존중하는 생각을 가지고 있었다.

공자는 가르치는 데 있어 차별이 있어서는 안 된다는 확고한 교육철학을 가지고, 제자들이 지닌 독특한 가능성을 계발하여 큰 인물로 키워 냈다.

論語

一. 가르치는 자세

※ 스승의 조건 ※ 차별 없는 가르침 ※ 직업적 교육자 ※ 분발하지 않으면 ※ 우려되는 것 ※ 늘 배우고 가르치며 ※ 군자다운 학자 ※ 자기 책임

01 스승의 조건

〈위정爲政〉 공자께서 말씀하셨다. "옛것을 익혀 새것을 알면 스승이 될 수 있다."

子曰 "溫故而知新, 可以爲師矣."
자 왈　온 고 이 지 신　가 이 위 사 의

❋ 인류가 남긴 지적인 문화유산을 잘 익혀 후학들에게 현실을 판단하고 미래를 예측할 수 있는 논리를 제공할 수 있는 사람은 스승의 조건을 갖추었다 할 것이다. 이는 글을 쓸 때에도 마찬가지이다. 조선 후기 실학파 문인 박지원도 문학을 창작할 때 옛글을 본받아 새로운 문학 세계를 창조한다는 '법고창신(法古創新)'을 강조했다.

溫 익힐 온　師 스승 사

차별 없는 가르침

〈자한子罕〉 공자께서 말씀하셨다. "나는 사람에 대한 선입견을 가지고 있는가? 나는 그런 선입견이 없다. 어떤 비천한 사람이 나에게 무엇을 묻되 진실한 태도로 한다면, 나는 그 문제의 자초지종(自初至終)을 듣고 성심성의껏 다 말해 준다."

子曰 "吾有知乎哉? 無知也. 有鄙夫問於我, 空空如也. 我叩其兩
자 왈   오 유 지 호 재   무 지 야   유 비 부 문 어 아   공 공 여 야   아 고 기 양

端而竭焉."
단 이 갈 언

❀ 공자는 가르치는 데 차별을 두지 않는 '유교무류(有教無類)'의 교육철학을 갖고 있었고, 이것을 몸소 실천했다. 남녀노소와 빈부귀천의 차별을 두지 않았기 때문에 비천한 사람이라도 진지한 자세로 배우러 온다면 성의껏 가르쳐 주었다.

鄙 비루할 비   端 끝 단   竭 다할 갈

03 직업적 교육자

〈술이述而〉 공자께서 말씀하셨다. "포 한 속 이상의 폐백을 가지고 오는 사람에게 내가 일찍이 가르쳐 주지 않은 적이 없었다."

子曰 "自行束脩以上, 吾未嘗無誨焉!"
자 왈   자 행 속 수 이 상 오 미 상 무 회 언

🌸 공자는 나라를 예(禮)와 덕(德)으로 다스리자는 자신의 정치 철학이 부국강병을 추구하는 당시 제왕들에게 받아들여지지 않자 고향으로 돌아와 직업 교육자의 길을 걸었다. 오늘날의 학비에 해당되는 폐백을 가져오는 사람에게는 그의 사상과 지혜를 전해 주지 않은 적이 없었다.

束 묶을 속   脩 포 수   嘗 일찍이 상

분발하지 않으면

<술이述而> 공자께서 말씀하셨다. "마음속으로 분발하지 않으면 열어 주지 않으며, 애태워하지 않으면 말해 주지 않으며, 한 귀퉁이를 들어 주었는데도 남은 세 귀퉁이를 가지고 반응해 오지 않으면 다시 더 가르쳐 주지 않는다."

子曰 "不憤不啓, 不悱不發, 擧一隅, 不以三隅反, 則不復也"
자왈 불분불계 불비불발 거일우 불이삼우반 즉불부야

🌸 불가의 수행법에는 병아리가 알 속에서 나오려고 몸부림치며 울고 있을 때 어미 닭이 밖에서 껍질을 쪼아 주는 것을 이르는 '줄탁동시(啐啄同時)'라는 말이 있다. 이렇듯 학생이 열린 마음으로 배우려고 분발할 때 수업의 효과는 증대된다. 스승이 말에게 길을 가르쳐 주는 지로마(指路馬)의 역할을 하면 배우는 사람은 실제로 그 길을 가는 것이다.

憤 분발할 분   啓 열 계   悱 애쓸 비   擧 들 거   隅 모퉁이 우

05 우려되는 것

〈술이述而〉 공자께서 말씀하셨다. "덕을 닦지 않는 것과 학문을 강구하지 않는 것과 옳은 것을 듣고 실천에 옮기지 않는 것과 선하지 않은 것을 고치지 못하는 것, 바로 이것이 나의 걱정거리이다."

子曰 "德之不修, 學之不講, 聞義不能徙, 不善不能改, 是吾憂也."
자왈   덕 지 불 수   학 지 불 강   문 의 불 능 사   불 선 불 능 개   시 오 우 야

❀ 교육자는 언제나 학생들이 걱정이다. 인격을 수양하지 않고 공부를 게을리하고 옳은 말을 듣고 실행하지 않으며 잘못을 고치지 않을까 언제나 노심초사이다. 학생들을 믿고 좀 내버려 두면 안 될까.

修 닦을 수   講 익힐 강   徙 옮길 사

늘 배우고 가르치며

〈술이述而〉 공자께서 말씀하시기를 "성(聖)과 인(仁) 같은 경지를 내가 어찌 감히 자처할 수 있겠는가? 다만 도를 배우기를 싫어하지 않으며, 남을 가르치기를 게을리하지 않는 것은 그렇다고 말할 수 있을 뿐이다." 하셨다. 공서화가 말하였다. "바로 이것이 저희 제자들이 배워 따라갈 수 없는 점입니다."

子曰 "若聖與仁, 則吾豈敢? 抑爲之不厭, 誨人不倦, 則可謂云爾
자왈 약성여인 즉오기감 억위지불염 회인불권 즉가위운이

已矣!" 公西華曰 "正唯弟子不能學也."
이의   공서화왈 정유제자불능학야

❀ 공자는 성스럽고 어진 경지는 영원한 목표라고 생각하고, 단지 공부하는 것을 게을리하지 않고 남을 가르치는 것을 싫어하지 않도록 노력할 뿐이라고 겸양하였다. 그런데 공부하는 것을 게을리하지 않는 것은 지혜로워지는 길이고, 배우려는 이들을 차별하지 않고 꾸준히 가르치는 것은 사람을 사랑

하는 일이 아니겠는가. 이렇게 공자는 지혜와 사랑의 길을 꾸준히 솔선해서 나아감으로써, 스스로 제자들의 사표(師表)가 되었다.

抑 다만 억   흘 어찌 기   爾 너 이

07 군자다운 학자

〈옹야雍也〉 공자께서 자하에게 말씀하셨다. "너는 군자다운 학자가 되고, 소인 같은 학자가 되지 말라."

子謂子夏曰 "女爲君子儒, 無爲小人儒."
자 위 자 하 왈   여 위 군 자 유   무 위 소 인 유

🌸 군자다운 학자와 소인 같은 학자는 어떻게 다를까? 군자는 정의에 밝고 공동체 전체의 이익을 위해 학문을 하고, 소인은 자기 이익에만 몰두하고 공동선에 무관심한 사람이 아닐까. 오늘날 대학에는 자기 분야에 정통하고 연구비와 승진 점수에 밝은 스페셜리스트는 넘치지만, 이 나라와 인류의 미래 그리고 뭇 생명의 평화를 진지하게 고민하는 학자는 과연 얼마나 될까?

女 너 여, 여자 여   儒 선비 유

08 자기 책임

〈위령공衛靈公〉 공자께서 말씀하셨다. "군자는 자기 자신에게서 문제 해결의 방안을 찾고, 소인은 남에게 그것을 찾는다."

子曰 "君子求諸己, 小人求諸人."
자왈 군자구저기 소인구저인

⚜ 군자는 모든 것을 나의 탓으로 돌리지만, 소인은 모든 잘못
은 남의 탓이고 자기는 아무런 잘못이 없다고 변명한다. 《서
경》의 '백성에게 죄가 있건 없건 간에 모든 게 내 책임(有罪無
罪, 惟我在)'이란 말처럼 덕 있는 사람은 모든 잘못은 내 탓으로,
모든 영광은 다른 사람에게 돌린다.

諸 어조사 저, 여러 제

二.
가르치는 방법

네 가지로 가르침

〈술이述而〉공자께서는 네 가지로 가르치셨으니, 학문과 행동과
진실과 믿음이 그것이다.

子以四教, 文行忠信.
자 이 사 교 문 행 충 신

❀ 공자의 커리큘럼은 네 가지였던 것 같다. 지혜가 담긴 글을
부지런히 공부하는 것, 배운 진리를 독실하게 실행하는 것, 마
음을 닦아 진실히 하는 것, 말한 것에 대한 약속을 지켜 신뢰
를 얻는 것.

맞춤 지도

02

〈선진先進〉 자로가 "옳은 것을 들으면 실행하여야 합니까?" 하고 묻자, 공자께서 "부형이 계시는데, 어찌 들으면 곧바로 실행할 수 있겠는가?"라고 대답하셨다. 염유가 "옳은 것을 들으면 곧 실행하여야 합니까?" 하고 묻자, 공자께서 "들으면 곧 실행하여야 한다." 하고 대답하셨다. 공서화가 물었다. "자로가 '들으면 곧 실행하여야 합니까?' 하고 묻자, 선생님께서 '부형이 계시다' 하셨고, 염유가 '들으면 실행하여야 합니까?' 하고 묻자, 선생님께서 '들으면 실행하여야 한다'라고 대답하시니, 저 적(공서화)은 의혹되어 감히 묻습니다." 공자께서 말씀하셨다. "염유는 소극적임으로 나아가게 한 것이요, 유(자로)는 일반인보다 앞서감으로 물러서게 한 것이다."

子路問 "聞斯行諸?" 子曰 "有父兄在, 如之何其聞斯行之!" 冉
자 로 문 문 사 행 저   자 왈   유 부 형 재   여 지 하 기 문 사 행 지   염

有問 "聞斯行諸?" 子曰 "聞斯行之!" 公西華曰 "由也問 '聞斯行
유 문   문 사 행 저   자 왈   문 사 행 지   공 서 화 왈   유 야 문   문 사 행

諸?', 子曰 '有父兄在.' 求也問 '聞斯行諸?' 子曰 '聞斯行之.' 赤
저   자왈 유부형재 구야문 문사행저   자왈 문사행지   적

也惑, 敢問." 子曰 "求也退, 故進之. 由也兼人, 故退之."
야혹 감문   자왈 구야퇴 고진지 유야겸인 고퇴지

    🌸 공자의 교육 방법은 학생 개개인의 독특한 필요에 맞는 맞춤형 교육 방법이었다. 올바른 진리를 들으면 실천하도록 하는 것이 일반적인 교육 방법이지만, 너무 나서기를 좋아하고 매사에 적극적인 자로에게는 주위 분들과 상의하고, 생각도 하는 여유를 가질 것을 권면하고, 생각이 많고 소극적인 염유에게는 즉각적인 행동을 하도록 부추긴다. 공자의 이러한 개별 지도 방법이야말로 모든 학생을 한가지 방법으로 가르치는 획일주의 교육과 일제 학습의 폐해를 줄이는 묘약일 것이다.

諸 어조사 저, 여러 제   兼 겸할 겸, 이길 겸

03 능력에 따른 추천

〈옹야雍也〉계강자가 물었다. "중유는 정사에 종사하게 할 만합니까?" 공자께서 말씀하셨다. "유는 과단성이 있으니 정사에 종사하는 데 무슨 어려움이 있겠는가!" "사는 정사에 종사할 만합니까?" 하고 물으니, "사는 사리에 통달했으니 정사에 종사하는 데 무슨 어려움이 있겠는가!" 하셨다. "염구는 정사에 종사하게 할 만합니까?" 하고 물으니 "구는 다재다능하니 정사에 종사하는 데 무슨 어려움이 있겠는가!" 하셨다.

季康子問 "仲由可使從政也與?" 子曰 "由也果, 於從政乎何有."
계강자문　중유가사종정야여　자왈　유야과　어종정호하유

曰 "賜也可使從政也與?" 曰 "賜也達, 於從政乎何有." 曰 "求也
왈　사야가사종정야여　왈　사야달　어종정호하유　왈　구야

可使從政也與?" 曰 "求也藝, 於從政乎何有."
가사종정야여　왈　구야예　어종정호하유

　　❀ 공자는 평소에 정해진 교과과정과 맞춤형 학습을 통하여

엄격한 교육을 실시하였다. 3천 명에 달하는 제자들의 장점을 파악하여 그들의 미덕을 발견해 잠재 능력을 계발한 것이다. 공자는 학업을 마치면 제자들의 장점과 능력을 고려한 직업을 추천해 준다. 용기 있는 중유는 국방 문제에 적임이며, 사리에 통달한 단목사에게는 국정을 책임질 수 있는 자리가, 신중하면서도 재능이 많은 염구는 문화 예술 방면의 책임자가 적합함을 일러 준다. 우리는 이 문답에서 제자들의 다양한 개성을 존중하여 그들의 장점을 극대화시킨 큰 스승 공자의 모습을 보게 된다.

賜 줄 사   達 통달할 달   藝 재주 예

04 제자들의 장점

〈선진先進〉 공자께서 말씀하셨다. "나를 진나라와 채나라에서 따르던 자들이 지금 모두 문하에 있지 않구나!" 덕행에는 안연, 민자건, 염백우, 중궁이었고, 언어에는 재아, 자공이었고, 정사에는 염유, 계로였고, 문학에는 자유, 자하였다.

子曰 "從我於陳蔡者, 皆不及門也." 德行, 顔淵閔子騫冉伯牛仲
자왈 종아어진채자 개불급문야 덕행 안연민자건염백우중

弓. 言語, 宰我子貢. 政事, 冉有季路. 文學, 子游子夏.
궁 언어 재아자공 정사 염유계로 문학 자유자하

❀ 공자의 문하생 중에는 뛰어난 인물이 많지만, 그중에서도 안연, 민자건, 염백우, 중궁은 인격적으로 매우 훌륭했고, 재아와 자공은 언변이 뛰어났고 외국어 구사에도 능력을 보였으며, 염유와 계로(자로)는 국내 정치와 국방 문제에 능력이 있었으며, 자유와 자하는 학문에 뛰어났다. 이 10명의 제자를 흔히 공자 문하에서 배출된 현인이라는 의미로 '공문십철(孔門十哲)'

이라고 부른다. 이들 외에도 공자의 학문을 후대에 계승시키
는 데 공이 큰 증자와 유자를 비롯한 뛰어난 제자들이 70여 명
이나 있었다고 한다.

陳 나라 이름 진, 늘어놓을 진   蔡 나라 이름 채, 거북 채   蓋 다 개   閔 성씨 민
冉 성씨 염, 나아갈 염   游 헤엄칠 유   夏 여름 하

05

자신감 키우기

〈옹야雍也〉 염구가 말하였다. "제가 선생님의 도를 좋아하지 않는 것은 아니나 힘이 부족합니다." 공자께서 말씀하셨다. "힘이 부족한 자는 중도에 그만두는 것이니, 지금 너는 스스로 안 된다는 한계를 긋고 있구나."

冉求曰 "非不說子之道, 力不足也." 子曰 "力不足者, 中道而廢,
염구왈　비불열자지도　역부족야　자왈　역부족자　중도이페

今女畫."
금여획

❀ 염구라는 제자는 재주가 많았지만, 내성적이고 언제나 자신감이 부족했던 것 같다. 그래서 스승 공자에게 자기의 능력이 부족한 것 같다고 하자, 공자는 능력이 부족한 것이 아니라 나는 안 된다는 열등의식에 사로잡혀 있음을 지적하며, 그 콤플렉스로부터 벗어날 것을 권면한다. 조선 후기 실학자 다산(茶山) 정약용(丁若鏞)이 19세기 초에 강진으로 귀양을 가 있을

때 황상(黃裳)이란 제자가 자기는 둔하고, 꽉 막혔고, 미욱하다고 하자 다산은 이렇게 말했다고 한다. "너는 공부한 사람들이 갖고 있는 병통을 하나도 갖고 있지 않구나. 기억력이 뛰어나면 공부를 소홀히 할 폐단이 생기고, 글 짓는 재주가 좋으면 허황한 데로 흐르기 쉽고, 이해력이 빠르면 거친 데로 흐르기 쉽다. 그런데 둔하지만 공부에 파고드는 사람은 식견이 넓어지고, 막혔지만 잘 뚫는 사람은 흐름이 거세지며, 미욱하지만 잘 닦는 사람은 빛이 나는 법이다."

說 기쁠 열, 말씀 설, 달랠 세   廢 폐할 폐   畫 구획할 획

06

스승과 제자의 꿈

〈공야장公冶長〉 안연과 계로가 공자를 모시고 있었는데, 공자께서 "어찌 각기 너희들의 뜻을 말하지 않는가?" 하셨다. 자로가 말하였다. "수레와 말과 가벼운 갖옷을 친구와 함께 쓰다가 해지더라도 유감이 없겠습니다." 안연이 말하였다. "자신의 선행을 자랑하지 않고, 공로를 과시함이 없고자 합니다." 자로가 "선생님의 뜻을 듣기를 원합니다." 하자, 공자께서 말씀하셨다. "늙은이를 편안하게 해 주고, 친구에게는 미덥게 해 주고, 젊은이는 감싸 주고자 한다."

顔淵季路侍. 子曰 "盍各言爾志?" 子路曰 "願車馬衣輕裘, 與朋
안연계로시   자왈   합각언이지   자로왈   원거마의경구   여붕

友共, 敝之而無憾." 顔淵曰 "願無伐善, 無施勞." 子路曰 "願聞子
우공   폐지이무감   안연왈   원무벌선   무시로   자로왈   원문자

之志." 子曰 "老者安之, 朋友信之, 少者懷之."
지지   자왈   노자안지   붕우신지   소자회지

❀ 가르치고 배우면서 서로 발전한다(教學相長). 공자도 많은 제자를 가르치며 큰 보람을 느끼고, 그들이 잠재 능력을 발휘하는 것을 보고 기뻐하였다. 어느 날 공자의 제자 중 가장 나이가 많고 의욕이 넘치는 자로와 몸은 좀 약하지만 안빈낙도를 실천하던 안연이 공자를 모시고 있다가 각각 그 포부를 말한다. 자로는 실생활에서 하고 싶은 일을 말하고, 안연은 겸손하고 남을 배려하는 마음을 피력한다. 그리고 공자는 역시 위아래 사람과 주위 사람들을 사랑과 신의로 감싸고 싶다는 꿈을 피력한다. 다 좋은 생각이지만 각기 차원과 이상은 다르다.

侍 모실 시　盍 어찌 아니 할 합　輕 가벼울 경　裘 갖옷 구　敝 해질 폐　憾 유감 감

三. 가르치는 이의 마음가짐

※ 자책은 엄하게 ※ 제약된 생활 ※ 신중하지 않으면 ※ 관대한 마음 ※ 잘못의 인정
※ 선생님의 가르침

자책은 엄하게

<위령공衛靈公> 공자께서 말씀하셨다. "몸소 자책하기를 엄하게 하고, 남을 책망하기를 적게 한다면 원망이 멀어질 것이다."

子曰 "躬自厚而薄責於人, 則遠怨矣."
자왈 궁자후이박책어인 즉원원의

❀ 가르치는 사람을 비롯한 지도자들이 자기의 잘못은 엄격하게 자책하고, 학생을 비롯한 이웃들의 잘못은 너그럽게 감싸준다면 학생과 이웃이 원망하는 일이 없어질 것이다.

躬몸궁 薄엷을박

02 제약된 생활

〈이인里仁〉 공자께서 말씀하셨다. "제약된 생활을 해서 실패한 사람은 적다."

子曰 "以約失之者, 鮮矣."
자 왈 이 약 실 지 자 선 의

❀ 교수를 비롯한 사회 지도층이 방만한 생활을 자제하고 근검절약하는 생활을 한다면 실수가 적을 것이다. 스승은 사회의 목탁이라고 하지 않는가.

約 검약할 약   鮮 드물 선

신중하지 않으면

03

〈학이學而〉 공자께서 말씀하셨다. "군자가 신중하지 않으면 위엄이 없으니, 학문을 해도 견고하지 못하다. 진실하고 믿음성 있는 행동에 주력하며, 자기 같지 못한 자를 벗 삼지 말고, 허물이 있으면 고치기를 꺼리지 말아야 한다."

子曰 "君子不重則不威, 學則不固, 主忠信, 無友不如己者, 過則
자왈 군자부중즉불위 학즉불고 주충신 무우불여기자 과즉

勿憚改."
물 탄 개

❀ 말과 행동을 자주 바꾸면 가벼워 보이고 신중하게 공부하지 않으면 그 학문이 단단하지 못하게 된다. 그러니 늘 진실하고 믿음이 있는 행동을 하도록 할 것이며, 배울 것이 있는 사람을 사귀고 잘못은 즉각 시정하여 새로 거듭나는 계기를 만들라는 공자의 말씀.

威 위엄 위   憚 꺼릴 탄

관대한 마음

〈팔일八佾〉 공자께서 말씀하셨다. "윗자리에 있으면서 너그럽지 않으며, 예를 행함에 공경하지 않으며, 초상에 임하여 슬퍼하지 않는다면 내가 무엇으로 그를 봐주겠는가?"

子曰 "居上不寬, 爲禮不敬, 臨喪不哀, 吾何以觀之哉?"
자왈 거상불관 위례불경 임상불애 오하이관지재

🌸 윗자리에 있으면서 너그럽지 않으면 어른이라고 하기 어렵다는 공자의 말처럼 훌륭한 스승은 학생들이 잘못하면 관대한 마음을 가지고 과오를 수정할 수 있는 시간을 주고 만회할 기회를 준다. 스승이 굳이 지적하지 않아도 학생은 스스로의 잘못을 알고 반성하는 경우가 많다. 인내심과 너그러운 마음을 가지고 행동을 수정할 수 있을 때까지 기다려 주는 여유가 필요하지 않을까. 자비로운 눈길로 바라보고 넓은 마음으로 기다려 주는 것, 이것이 스승을 비롯한 윗사람의 자세가 아닐지.

居 있을 거 寬 너그러울 관 臨 임할 림 喪 죽을 상

잘못의 인정

〈자장子張〉 자공이 말하였다. "군자의 허물은 일식이나 월식과 같아서 잘못이 있으면 사람들이 모두 볼 수 있고, 잘못을 고쳤을 때에는 사람들이 우러러본다."

子貢曰 "君子之過也, 如日月之食焉. 過也, 人皆見之, 更也, 人皆
자공왈 군자지과야 여일월지식언 과야 인개견지 경야 인개

仰之."
앙 지

　● 스승과 지도자가 자기의 잘못을 솔직하게 인정하면 학생과 국민들이 그들을 무시할까? 오히려 잘못을 인정하는 것을 보고 그 용기에 찬탄을 보낼 것이다. 잘못을 인정할 줄 아는 용기가 아쉽다.

更 고칠 경　仰 우러를 앙

선생님의 가르침

〈자한子罕〉 안연이 크게 경탄하며 말하였다. "선생님의 도는 우러러볼수록 더욱 높고, 뚫을수록 더욱 견고하며, 바라봄에 앞에 있더니 홀연히 뒤에 있구나. 선생님께서는 차근차근히 사람을 잘 이끄시어 학문으로써 나를 넓혀 주시고 예로써 나의 행동을 제약해 주시는구나. 공부를 그만두고자 해도 그만둘 수 없어 이미 나의 재주를 다해 따르니 선생님의 가르침이 내 앞에 우뚝 서 있구나. 비록 그를 따라 쫓으려 하나 어디부터 시작해야 할지 모르겠구나!"

顏淵喟然歎曰 "仰之彌高, 鑽之彌堅, 瞻之在前, 忽焉在後. 夫子
안 연 위 연 탄 왈 앙 지 미 고 찬 지 미 견 첨 지 재 전 홀 언 재 후 부 자

循循然善誘人, 博我以文, 約我以禮, 欲罷不能, 旣竭吾才, 如有
순 순 연 선 유 인 박 아 이 문 약 아 이 례 욕 파 불 능 기 갈 오 재 여 유

所立卓爾, 雖欲從之, 末由也已!"
소 립 탁 이 수 욕 종 지 말 유 야 이

❀ 공자는 뒤늦게 공부를 시작하였으나 끊임없이 배우고 남에게 물어보기를 좋아하여 학문적으로도 대성하였고, 조그만 성취에 만족하지 않고 꾸준히 정진하여 70세가 되어서는 모든 것에 얽힘이 없이 자유로워진 대기만성형의 인물이었다. 그리하여 학문적으로나 인격적으로 모든 사람의 존경을 받는 성인의 반열에 올랐다. 이렇게 학문하기를 좋아하고 남을 가르치는 데 열정을 가졌던 공자는 당시에도 많은 존경과 사랑을 받았다. 또한 총애하던 제자 안연으로부터는 '우러러볼수록 더욱 높고, 뚫을수록 더욱 단단하다'라는 찬탄을 받았다. 공자처럼 훌륭한 인격과 풍부한 학식으로 학생들을 사랑하고 가르친다면 학생들이 어찌 스승을 존경하지 않을 수 있겠는가.

歎 읊을 탄　彌 두루 미, 더욱 미　鑽 뚫을 찬　堅 굳을 견　瞻 볼 첨　忽 갑자기 홀
循 좇을 순　誘 꾈 유

【세 번째 장】

자기를
되돌아보기

인간은 불완전하고 미숙한 존재이다. 그래서 가정과 학교에서의 배움과 사회에서의 경험을 통해 성숙한 사람으로 형성되어 간다. 자기 속에 있는 밝은 덕을 드러내기 위해서는 끊임없는 노력과 자기반성이 필요함은 두말할 필요가 없을 것이다. 더구나 오늘날과 같은 격변의 시대에는 조금이라도 시대 변화에 둔감하고 자기 발전을 소홀히 하다가는 낙후되기 쉽다. 요즘 와서 부쩍 평생교육과 사회교육이 강조되고 있는 것도 다 이런 사정 때문이 아니겠는가.

일찍이 노자도 나날이 새로워지고, 일을 하고는 자랑하지 말며, 공을 세우고는 그곳에 오래 머물지 말라고 경계하였다. 또한 동서고금의 위대한 인물들은 한결같이 보다 높은 깨달음을 향한 치열한 용맹정진과 철저한 자기반성의 시간을 보낸 뒤에야 비로소 공식적인 활동을 하였다. 공자는 이것을 '수기안인(修己安人)'이라고 하였다. 자기를 갈고 다듬은 뒤에 남을 편안하게 하는 사회 활동을 해야 성공을 담보할 수 있다는 것이다. 안창호 선생도 "그대는 나라를 사랑하는가, 그러면 먼저 훌륭한 인격이 되라."라고 하지 않았던가.

여기서는 끊임없는 절차탁마(切磋琢磨)를 촉구하는 공자의 말씀을 경청하기로 한다.

論語

一. 자기 성찰

※ 세 가지 자기 성찰 ※ 어진 이 본받기 ※ 진짜 잘못 ※ 절차탁마 ※ 모난 술 그릇

※ 인의 실천 ※ 덕을 높임

세 가지 자기 성찰

〈학이學而〉 증자가 말씀하였다. "나는 날마다 세 가지로 내 몸을 반성한다. 남을 위하여 일을 도모함에 있어 진실하지 못한 점이 있었는가? 친구와 더불어 사귐에 있어 믿음성이 없지 않았는가? 스승으로부터 전수받은 것을 익히지 않은 것이 있었는가?"

曾子曰 "吾日三省吾身, 爲人謀而不忠乎? 與朋友交而不信乎?
증 자 왈   오 일 삼 성 오 신   위 인 모 이 불 충 호   여 붕 우 교 이 불 신 호

傳不習乎?"
전 불 습 호

❀ 공자의 제자 증자의 세 가지 자기 성찰 메뉴. 남의 일을 나의 일처럼 성의 있게 했는지, 친구와의 약속은 잘 지켰는지, 배운 것을 소화해서 나의 양식으로 만들었는지. 테레사 수녀 또한 바쁜 일정 속에서도 하루에 몇 시간을 내어 묵상을 하였다.

省 살필 성   謀 도모할 모   朋 벗 붕   傳 전할 전

어진 이 본받기

〈이인里仁〉 공자께서 말씀하셨다. "어진 이의 행동을 보고는 그와 같기를 생각하며, 어질지 못한 이의 행동을 보고서는 안으로 그런 점이 있는지를 스스로 성찰해야 한다."

子曰 "見賢思齊焉, 見不賢而內自省也"
자 왈 　견 현 사 제 언 　 견 불 현 이 내 자 성 야

🌑 세상에 어디 착한 사람만 존재하는가. 선과 악이 공존하고, 진실과 거짓이 뒤섞여 있고, 정의와 불의가 혼재하고 있는 것이 세상사 아니던가. 그러나 비틀거리면서도 선과 진실과 정의의 길로 나아가며, 늘 악과 허위와 불의를 경계할 수밖에.

賢 어질 현 　齊 가지런할 제

03 진짜 잘못

〈위령공衛靈公〉 공자께서 말씀하셨다. "잘못을 저지르고도 고치지 않는 것, 이것을 진짜 잘못이라 할 수 있다."

子曰 "過而不改, 是謂過矣."
자왈 과이불개 시위과의

🌑 잘못이 있으면 고치는 것을 꺼리지 말라(過則勿憚改)라는 말. 인간은 불완전한 존재, 누구나 실수를 하고 잘못도 하는 법. 현명한 사람은 자기의 잘못을 인정하고 고치지만, 미련한 사람은 변명하고 합리화함으로써 두 번 잘못을 저지른다. 공자는 허물을 저지르고 고치지 않는 것이 진짜 잘못이라고 했다.

過 허물 과

절차탁마

〈학이學而〉 자공이 말하였다. "가난하되 아첨하지 않고 돈이 많으면서도 교만하지 않으면 어떻습니까?" 공자께서 말씀하시기를, "괜찮다고 할 수 있지만, 가난하면서도 즐거워하고 돈이 많으면서도 예를 좋아하는 것만은 못하다." 하셨다. 자공이 말하였다. "시경에 '뼈를 끊어 내듯 하며, 가다듬듯이 하며, 옥을 쪼아 놓은 듯하며, 갈듯이 한다' 하였으니, 이것을 말함일 것입니다." 공자께서 말씀하셨다. "사(자공)는 비로소 더불어 시를 말할 만하구나! 지나간 것을 말해 주자 올 것을 아는구나."

子貢曰 "貧而無諂, 富而無驕, 何如?" 子曰 "可也. 未若貧而樂,
자 공 왈   빈 이 무 첨   부 이 무 교   하 여   자 왈   가 야   미 약 빈 이 락

富而好禮者也." 子貢曰 "詩云 '如切如磋, 如琢如磨' 其斯之謂
부 이 호 례 자 야   자 공 왈   시 운   여 절 여 차   여 탁 여 마   기 사 지 위

與?" 子曰 "賜也, 始可與言詩已矣! 告諸往而知來者."
여   자 왈   사 야   시 가 여 언 시 이 의   고 저 왕 이 지 래 자

❀ 인간의 수양에는 끝이 없다. 가난하면서도 아첨하지 않으며 부유하면서도 교만하지 않는 것도 괜찮지만, 그런 수준에 머물지 말고 절차탁마(切磋琢磨)해서 가난하되 그 생활을 적극적으로 즐기고, 부유하면서도 예를 아는 경지로 나아가라는 말. 노자도 '기회가 있을 때마다 일을 하고 자랑하지 말고 공을 세우고 그곳에 머물지 마라(爲而不恃, 功成而不居)' 하고 강조하지 않았던가.

貧 가난할 빈 諂 아첨할 첨 驕 교만할 교 切 끊을 절 磋 갈 차 琢 쫄 탁
磨 갈 마

모난 술 그릇

〈옹야雍也〉 공자께서 말씀하셨다. "모난 술 그릇이 모가 나지 않으면 모난 술 그릇이라고 할 수 있겠는가, 모난 술 그릇이라고 할 수 있겠는가!"

子曰 "觚不觚, 觚哉觚哉!"
자 왈 고 불 고 고 재 고 재

✸ 모든 사물은 그 나름대로 존재 의미가 있는 법. 모가 난 술 잔은 모가 난 대로, 둥근 그릇은 둥근 대로. 소금이 짠 맛을 잃으면 어찌 소금이라 할 수 있겠는가.

觚 술잔 고

06 인의 실천

〈술이述而〉 공자께서 말씀하셨다. "인(仁)은 멀리 있는가? 내가 인을 하고자 하면 인이 이르러 오는 것이다."

子曰 "仁遠乎哉? 我欲仁, 斯仁至矣."
자 왈   인 원 호 재   아 욕 인   사 인 지 의

🏵 사람들에게는 사랑이나 정의가 멀리 있는 것같이 생각하는 경향이 있는데, 그렇지 않다는 공자의 말씀. 내 주변을 사랑하는 마음으로 이웃을 사랑하고, 내 행동을 반듯하게 하는 데서 정의가 실현되기 시작하는 것.

07 덕을 높임

〈안연顏淵〉 번지가 공자를 따라 무우의 아래에 놀면서 말하였다. "감히 덕을 높이고 간특함을 고치며, 미혹함을 분별하는 것에 대해 묻겠습니다." 공자께서 말씀하셨다. "훌륭하다! 이 질문이! 일을 먼저하고 얻음을 뒤에 함이 덕을 높이는 것이 아니겠는가? 자기의 악함을 다스리고 남의 악함을 다스리지 않음이 간특함을 고치는 것이 아니겠는가? 하루아침의 분노로 자신을 잊고 화가 부모에게까지 미치게 하는 것이 미혹함이 아니겠는가?"

樊遲從遊於舞雩之下, 曰 "敢問崇德修慝辨惑?" 子曰 "善哉, 問!
번지종유어무우지하 왈   감문숭덕수특변혹   자왈 선재 문

先事後得, 非崇德與? 攻其惡, 無攻人之惡, 非修慝與? 一朝之忿,
선사후득 비숭덕여 공기악 무공인지악 비수특여 일조지분

忘其身, 以及其親, 非惑與?"
망기신 이급기친 비혹여

❀ 번지는 공자 제자 중에 좀 둔한 제자였으나 모르는 것을 그냥 지나치지 않고 진지하게 물어보길 잘했다. 어느 날 공자가 탄 수레를 몰고 하늘에 제사를 지내는 제단 아래를 지나다가 평소에 궁금해하던 숭덕과 수특과 변혹을 잘할 수 있는 방법을 물었다. 그러자 공자는 그 질문이 매우 중요한 문제라고 칭찬을 하면서 친절하게 말해 주었다. 베풀어 주는 일을 먼저 하고 나중에 결과를 기다리는 것이 덕을 숭상하는 이의 도리이고, 간특함을 고친다는 것은 바로 남의 악함을 지적하는 것이 아니라 자기의 악함을 다스림을 말하고, 미혹함을 분별한다는 것은 순간적 분노를 참지 못해 화가 부모에게까지 미치는 일이 없도록 분별심을 가지고 자기를 통제할 줄 아는 것이라고.

舞 춤출 무   雩 기우제 우   敢 감히 감   慝 사특할 특   辨 분별할 변   崇 높을 숭

二.
신
중
한

언
행

01 말과 행동

〈이인里仁〉 공자께서 말씀하셨다. "옛날에 말을 함부로 내지 않은 것은 몸이 그 말에 미치지 못할까 부끄러워해서였다."

子曰 "古者, 言之不出, 恥躬之不逮也."
자왈   고자 언지불출 치궁지불체야

❀ 생각하지 않고 말을 하다 보면 그 말을 감당하기가 어렵다. 그래서 조선 후기 실학자 이덕무는 "군자는 말을 적게 하는 것이 좋으며, 특히 남의 장단점에 대해 논할 때는 더욱 신중해야 한다(君子貴罕言, 而必愼於長短人物)."라고 하였다.

躬 몸 궁   逮 미칠 체

먼저 실행하고

〈위정爲政〉 자공이 군자에 대해 물었다. 공자께서 말씀하셨다.
"먼저 실행하고, 말은 뒤에 따르게 하는 것이다."

子貢問君子. 子曰 "先行, 其言而後從之."
자공문군자 자왈 선행 기언이후종지

⛎ 소인은 말이 행동보다 앞서지만 군자는 말이 실천을 넘지
않는다는 말씀. 요즘 어느 회사에서 매일 회의만 하고 구체적
인 실천이 없자 먼저 실행하고 나중에 말하라는 지침을 내렸
다고 한다.

03 생각은 두 번

〈공야장公冶長〉계문자가 세 번 생각한 뒤에야 행하였다. 공자께서 이 말을 들으시고 말씀하셨다. "두 번 생각하는 것이 옳다."

季文子三思而後行. 子聞之曰"再思可矣."
계 문 자 삼 사 이 후 행   자 문 지 왈   재 사 가 의

❀ 돈키호테같이 무모한 행동도 문제지만, 맨날 생각만 하는 햄릿형 회의주의자도 문제다. 생각과 행동의 균형, 음과 양의 조화, 명상과 혁명의 변증법! 파우스트가 그런 인물일까.

04 사람의 규모

〈위정爲政〉 공자께서 말씀하셨다. "그 사람이 하는 행동을 보며, 그 이유를 살피며, 그 사람이 만족하는 바를 살피면 그의 사람됨을 알 수 있는 법이니, 사람들이 어떻게 자기 자신을 숨길 수 있겠는가! 사람들이 어떻게 자기 자신을 숨길 수 있겠는가!"

子曰"視其所以, 觀其所由, 察其所安, 人焉廋哉! 人焉廋哉!"
자 왈 시 기 소 이 관 기 소 유 찰 기 소 안 인 언 수 재   인 언 수 재

❀ 사람이 하는 행동과 그 동기, 궁극적으로 무엇에 만족하는가를 살펴보면 그 사람의 규모를 알 수 있다는 것. 그 사람의 행위만 보고 동기나 배경을 살피지 않으면 잘못 판단하기 쉽다. 그 사람의 목표가 무엇이고 무엇을 할 때 가장 행복해하는가를 알면 그 사람의 진면목을 알 수 있지 않을까.

廋 숨길 수

05 꾸민 말

〈위령공衛靈公〉 공자께서 말씀하셨다. "꾸민 말은 덕을 어지럽히고, 작은 것을 참지 못하면 큰 계책을 어지럽힌다."

子曰 "巧言亂德, 小不忍則亂大謀."
자왈 교언난덕 소불인즉난대모

🔹 감언이설(甘言利說)은 인간관계를 해치고 사회를 혼란에 빠트린다. 왜곡된 언론은 민심을 왜곡하고, 공론 형성을 방해하여 편향된 여론을 조장한다. 감정에 얽매여 사태를 냉철하게 바라보지 못하면 큰일을 그르칠 수 있다. 큰일을 하기에 앞서 먼저 감정 조절 훈련과 자기 수양의 시간이 필요하다.

亂 어지러울 란   忍 참을 인   謀 꾀할 모

06 네 가지를 끊음

〈자한子罕〉 공자는 네 가지의 마음이 전혀 없으셨다. 사사로운 뜻이 없으셨고, 기필코 해야겠다는 마음이 없으셨으며, 집착하는 마음이 없으셨고, 이기심이 없으셨다.

子絶四. 毋意, 毋必, 毋固, 毋我.
자 절 사 　무 의 　무 필 　무 고 　무 아

🏵 공자는 일을 할 때 공의(公意)를 앞세우고 사의(私意)를 버리셨고, 자연의 순리를 따르지 기필코 해야겠다는 마음이 없으셨으며, 고정된 틀과 관념에 집착이 없으셨고, 자기중심적인 이기심이 없으셨다.

絶 끊을 절　毋 하지 말 무

07 세 가지 경계

〈계씨季氏〉 공자께서 말씀하셨다. "군자에게 세 가지 경계할 것이 있으니, 젊을 때엔 혈기가 정해지지 않았음으로 경계함이 여색(女色)에 있어야 하고, 장성해서는 혈기가 한창 강하므로 경계함이 싸움에 있어야 하고, 늙어서는 혈기가 쇠잔하므로 경계함이 탐하여 얻음에 있어야 한다."

孔子曰 "君子有三戒. 少之時, 血氣未定, 戒之在色. 及其壯也, 血
공 자 왈   군 자 유 삼 계   소 지 시   혈 기 미 정   계 지 재 색   급 기 장 야   혈

氣方剛, 戒之在鬪. 及其老也, 血氣旣衰, 戒之在得."
기 방 강   계 지 재 투   급 기 로 야   혈 기 기 쇠   계 지 재 득

＊ 한창 공부하고 미래를 위한 준비를 착실히 해야 할 때 일차적인 욕망 충족에만 탐닉해 있으면 문제이고, 중년이 되어서 자신의 내면적 목표나 가치를 위해 살아가지 않고 남을 이기려는 쟁투심이 넘치는 것은 유치하며, 나이가 들어서 점잖지 못하게 탐욕을 부리는 것은 보기에 아름답지 않다.

戒 경계할 계   壯 씩씩할 장   剛 굳셀 강   鬪 싸움 투   衰 쇠할 쇠

여섯 가지 폐단

08

〈양화陽貨〉 공자께서 말씀하시기를 "유야! 너는 육언(六言)과 육폐(六蔽)를 들어 보았느냐?" 하시자, 자로가 대답하였다. "아직 듣지 못하였습니다." (공자께서 말씀하셨다.) "앉거라. 내 너에게 말해 주리라. 어진 것만 좋아하고 배우기를 좋아하지 않으면 그 폐단은 어리석게 되는 것이고, 아는 것만 좋아하고 배우기를 좋아하지 않으면 그 폐단은 방탕하게 되는 것이고, 믿음만 좋아하고 배우기를 좋아하지 않으면 그 폐단은 남을 해치는 것이 되고, 정직한 것만 좋아하고 배우기를 좋아하지 않으면 그 폐단은 답답한 것이 되고, 용맹한 것을 좋아하고 배우기를 좋아하지 않으면 그 폐단은 어지럽히는 것이 되고, 강(剛)한 것만 좋아하고 배우기를 좋아하지 않으면 그 폐단은 경솔하게 되는 것이다."

子曰 "由也, 女聞六言六蔽矣乎?" 對曰 "未也." "居, 吾語女, 好仁
자왈   유야 여문육언육폐의호   대왈   미야   거 오어여 호인

不好學, 其蔽也愚. 好知不好學, 其蔽也蕩. 好信不好學, 其蔽也
불 호 학 기 폐 야 우 호 지 불 호 학 기 폐 야 탕 호 신 불 호 학 기 폐 야

賊. 好直不好學, 其蔽也絞. 好勇不好學, 其蔽也亂. 好剛不好學,
적 호 직 불 호 학 기 폐 야 교 호 용 불 호 학 기 폐 야 란 호 강 불 호 학

其蔽也狂."
기 폐 야 광

❀ 사람이 아무리 어질고 똑똑하고 믿음직하고 정직하고 용맹
스럽고 강하다고 할지라도, 배우기를 좋아하지 않으면, 그 폐
단은 어리석고 방탕하고, 남을 해치고, 답답하고, 어지럽고, 경
솔하게 되기 쉽다는 것이다. 이만큼 배움(學)이 중요하다. 배움
은 무엇을 어떻게 할 것인지에 대한 방향성과 방법을 알려 주
기 때문이다. '사람이 배우지 않으면 가야 할 길을 모른다(人不
學, 不知道)'라고 하지 않았던가.

蔽 덮을 폐 愚 어리석을 우 蕩 쓸어버릴 탕 賊 해칠 적 絞 목맬 교 狂 미칠 광

三. 목적 지향적 삶

01 검소한 생활

〈이인里仁〉 공자께서 말씀하셨다. "선비 중에 도에 뜻을 두고서 나쁜 옷을 입고 나쁜 음식을 먹는 것을 부끄러워하는 자와는 더불어 도를 의논할 수 없다."

子曰 "士志於道, 而恥惡衣惡食者, 未足與議也"
자 왈   사 지 어 도   이 치 악 의 악 식 자   미 족 여 의 야

🌸 공부하는 사람이 궁극적인 진리를 탐구하는 데 집중하지 않고 무엇을 입을까 무엇을 마실까 하는 문제에 신경을 쓴다면 '학문하기를 좋아하는 사람'이라고 할 수 없으며, 더불어 진리를 논의하기에 부족하다는 것이다. '뜻은 높게 생활은 검소하게!' 이것이 동서고금을 막론하고 학문하는 이들의 바람직한 모습일 것이다.

議 의논할 의

02 도를 향하여

〈태백泰伯〉 증자가 말씀하였다. "선비는 그 도량이 넓고 뜻이 굳세지 않으면 안 된다. 맡은 책임이 무겁고 가야 할 길이 멀기 때문이다. 인(仁)으로써 자기의 책임을 삼으니 그 책임이 막중하지 아니한가? 죽은 뒤에야 끝나는 것이니 가야 할 길이 멀지 아니한가?"

曾子曰 "士不可以不弘毅, 任重而道遠, 仁以爲己任, 不亦重乎!
증자왈   사불가이불홍의   임중이도원   인이위기임   불역중호

死而後已, 不亦遠乎!"
사이후이   불역원호

🌸 선비에게 맡겨진 임무가 사랑(仁)의 실천이므로 그 책임이 막중하며, 그 임무는 죽을 때까지 포기해서는 안 되는 신성한 것이라는 공자의 수제자 증자의 말씀. 공부하는 것이 선비의 일이지만 나라가 어지럽고 백성이 도탄에 빠지면, 선비는 책을 덮고 일어나 나라를 바로잡아 백성을 구제하는 현실에 참

여해야 된다는 것, 이것이 바로 유가에서 말하는 자기를 수양해서 백성을 편안하게 하는 것(修己安人)이 아닐까. 의사의 길을 버리고 죽을 때까지 민중 사랑을 실천했던 체 게바라가 그런 사람일까.

弘 넓을 홍   毅 굳셀 의   重 무거울 중   遠 멀 원

도를 걱정함

〈위령공衛靈公〉 공자께서 말씀하셨다. "군자는 도를 도모하고 밥을 도모하지 않는다. 밭을 갊에 굶주림이 그 가운데에 있고, 학문을 함에 녹(祿, 벼슬)이 그 가운데 있는 것이니, 군자는 도를 걱정하는 법이지 가난을 걱정하지 않는다."

子曰 "君子謀道, 不謀食. 耕也, 餒在其中矣. 學也, 祿在其中矣.
자왈   군자모도 불모식 경야 뇌재기중의   학야   녹재기중의

君子憂道, 不憂貧."
군자우도 불우빈

🌸 농부는 밭을 갈고 어부는 고기를 잡고 나무꾼은 나무를 베듯이, 군자는 도에 뜻을 두고 부지런히 공부해서 그것을 세상을 경영하는 데 사용하는 것이 마땅한 이치. 공부를 하는 사람이 처음부터 벼슬을 생각하고 명성을 날릴 것을 생각하면 공부가 어찌 제대로 되겠는가. 공부가 성숙해지면 자연히 직책이 따르게 되고, 도에 뜻을 두고 정진하다 보면 이름이 저절로

세상에 알려질 것이다. 단기적인 목표를 좇다 보면, 평생 추구해야 할 가치를 상실하는 경우가 많다. 시험에 합격하는 것이 인생의 목표는 아니지 않는가. 궁극적인 관심이 우리를 긴장시켜 주고, 먼 별빛이 우리를 인도해 주지 않는가!

謀 꾀할 모   耕 밭갈 경   餒 주릴 뇌   祿 복 록   憂 근심 우

04 걱정해야 할 것

〈이인里仁〉 공자께서 말씀하셨다. "지위가 없음을 걱정하지 말고 지위에 시시 행할 것을 걱정하며, 자신을 알아주는 이가 없음을 걱정하지 말고 알려질 만하기를 구해야 한다."

子曰 "不患無位, 患所以立. 不患莫己知, 求爲可知也."
자왈 불환무위 환소이립 불환막기지 구위가지야

❀ 인격의 완성과 학문의 연찬(研鑽)에 몰두하다 보면 직위나 자리는 저절로 따라오게 되어 있는 법인데, 보통 사람들은 조급해서 남보다 먼저 자리를 차지하고 높은 직위에 오르려고만 한다는 것. 그래서 공자는 남들이 자기의 좁은 학문이나 알량한 인격을 몰라준다고 조바심 내지 말고 남들이 알 만한 지적, 도덕적 수준을 성취하는 데 노력하라고 하였다. 지위 지향적 삶의 태도보다는 목적 지향적 삶의 태도가 성숙한 사람의 삶의 방식이 아닐까.

患 근심 환

05 벼슬 구하는 방법

〈위정爲政〉 자장이 벼슬을 구하는 방법을 배우려고 하였다. 공자께서 말씀하셨다. "많이 듣고 의심나는 것을 빼 버리고 그 나머지를 삼가서 말하면 허물이 적어지며, 많이 보고 위태로운 것을 빼 버리고 그 나머지를 삼가서 행하면 후회하는 일이 적어질 것이니, 말에 허물이 적으며 행실에 후회할 일이 적으면 벼슬이 그 가운데 있을 것이다."

子張學干祿. 子曰 "多聞闕疑, 愼言其餘則寡尤, 多見闕殆, 愼行
자장학간록   자왈   다문궐의 신언기여즉과우   다견궐태   신행

其餘則寡悔. 言寡尤, 行寡悔, 祿在其中矣!"
기여즉과회   언과우   행과회   녹재기중의

✤ 공자가 제자들을 깨우치는 대화법을 살펴보면 기술적인 처방을 제시하기보다는 근본적인 문제 해결 방법을 제시하는 경우가 많다. 자장이라는 제자가 벼슬하는 방법을 물었다. 이에 공자는 관리 등용 시험 준비를 잘하라거나 권력자와의 인간관

계를 잘하라고 하지 않고, 견문을 넓히고 언행에 잘못이 적도록 하라는 매우 원론적인 처방을 내려 준다. 말에 허물이 적고 행동에 후회할 일이 적으면 벼슬은 저절로 굴러 온다는 것이다. 대개 학문과 인격이 부족한 사람일수록 초조해서 더욱 지위를 탐하게 되고, 인격 수양과 학문 탐구에 정진하는 사람들은 대개 자기는 아직도 벼슬을 하기에 여러모로 모자란다고 겸양한다. 공부를 하면 할수록 자기가 모른다는 사실을 깨닫고, 수양을 할수록 자기의 부덕을 절감하기 때문이다. 그런데 깜냥이 부족한 사람이 분수를 모르고 높은 자리를 차지하려고 욕심을 부리고, 학덕이 높은 사람은 오히려 자기는 아직 멀었다면서 자리를 사양하는 경우가 많다.

闕 빨 궐   疑 의심할 의   愼 삼갈 신   寡 적을 과   尤 허물 우   悔 뉘우칠 회

06 멀리 내다보는 생각

〈위령공衛靈公〉 공자께서 말씀하셨다. "사람이 멀리 생각하는 것이 없으면, 반드시 가까운 데 걱정거리가 있게 마련이다."

子曰 "人無遠慮, 必有近憂."
자 왈   인 무 원 려   필 유 근 우

🌸 사람이 큰 목표를 세우고 그것을 향해 부지런히 정진하지 않으면 온갖 자질구레한 걱정거리가 머리를 어지럽힌다. 자전 거가 일정한 속도를 내고 달리지 않으면 옆으로 쓰러지듯이, 도에서 잠시 눈을 떼면 온갖 잡념이 생겨난다. 도를 추구하고 있는 동안은 무엇을 먹을까 무엇을 입을까 하는 생각이 사라 지고 정신이 맑고 자유로워진다.

慮 생각할 려   憂 근심 우

사람을 대하는 도리

인간은 사회적 존재이다. 우리는 집, 학교, 직장 어디에서나 끊임없이 인간관계를 맺으며 이웃과 더불어 살아가고 이러한 만남을 통해 삶의 기쁨과 보람을 느낀다. 그런 의미에서 이웃과 잘 지내고 원만한 인간관계를 유지하는 것은 인생의 큰 행복인 동시에 성공적인 삶이라고 할 수 있다. 그런데 부모, 스승, 선배, 후배, 친구, 이성과 원만하고 바람직한 관계를 갖기란 쉽지 않다. 하나의 관계에만 충실하다 보면 다른 관계에는 소홀해지기 쉽기 때문이다. 그래서 주체성을 가지고 두루 원만한 관계를 유지하기 위해 약간의 비판적 거리를 가지라고 하는지 모른다.

그렇다면 공자는 어떻게 사람을 대하라고 했을까. 윗사람에게는 공경하는 마음을, 아랫사람에게는 친애하는 태도를 가져야 한다고 말하였다. 또 친구를 사귈 때에는 사람을 볼 줄 아는 안목이 요구되는데, 뜻이 맞는 사람을 사귀고 글로 사귀는 것이 바람직하다고 하였다. 공자는 인간관계에 있어 기본적으로 중요한 것은 자기를 낮추고 남을 높이며, 자기에게는 엄격하고 남에게는 관대한 자세를 갖는 것이라고 하였다.

이러한 공자의 말씀은 상하의 질서가 엄격한 봉건 시대라는 역사적 문맥에서 나왔다는 것을 감안할 필요가 있다. 그러나 사람을 대하는 자세와 사귀는 도리를 일러 주는 그의 발언은 오늘날에도 유효하다.

論語

一. 친구를 사귀는 법

글로 벗을 사귀고

〈안연顔淵〉 증자가 말씀하였다. "군자는 글로써 벗을 모으고, 벗으로써 자기의 부족한 인을 메운다."

曾子曰 "君子, 以文會友, 以友輔仁."
증 자 왈 군 자 이 문 회 우 이 우 보 인

❀ 공부하는 사람은 글을 좋아하는 사람과 만나고, 그 친구들로 인해 인격적 감화와 지적 자극을 받는다. '친구의 장점을 배워 자기의 단점을 보완하라(絶長補短)'라는 증자의 말. 친구들은 이렇게 서로 도우면서 성장한다.

輔 도울 보

뜻이 맞는 친구

〈위령공衛靈公〉 공자께서 말씀하셨다. "추구하는 도가 같지 않으면 같이 일을 도모하지 말아야 한다."

子曰 "道不同, 不相爲謀."
자왈 도부동 불상위모

🏵 노는 친구는 노는 친구끼리, 공부하는 사람은 공부하는 사람끼리. 같은 소리는 서로 울리고, 같은 기운은 서로 감응하는 법. 유유상종(類類相從)이라 했던가.

謀 꾀 모

03 벗의 종류

〈계씨季氏〉 공자께서 말씀하셨다. "유익한 벗에 세 가지가 있고, 손해되는 벗에 세 가지가 있다. 곧고, 성실하며, 견문이 많은 이를 벗하면 유익하며 편벽되고, 무르기만 하고, 말만 잘하는 이를 벗하면 손해된다."

孔子曰 "益者三友, 損者三友. 友直, 友諒, 友多聞, 益矣. 友便辟,
공 자 왈   익 자 삼 우   손 자 삼 우   우 직   우 량   우 다 문   익 의   우 편 벽

友善柔, 友便佞, 損矣."
우 선 유   우 편 녕   손 의

❁ 꽃밭에 가면 꽃향기가 몸에 배고 먹을 가까이하면 검어지게 마련. 가까이하는 친구의 말투와 습관을 자기도 모르는 새 닮아가지 않던가.

損덜손 諒믿을량 便아첨할편, 편할편 辟치우칠벽 柔부드러울유 佞아첨할녕

04 벗 사귐

〈자장子張〉 자하의 문인이 자장에게 벗을 사귀는 것에 대해 물었다. 자장이 "자하가 무어라고 하던가?" 하고 되물으니, 대답하기를 "자하께서 '괜찮은 사람을 사귀고 곤란한 사람과는 사귀지 말라' 하셨습니다." 하였다. 자장이 말하였다. "내가 듣던 것과는 다르다. '군자는 어진 이를 존경하고 민중을 포용하며, 잘하는 이를 아름답게 여기고 능하지 못한 이를 불쌍히 여긴다' 하였는데, 내가 크게 어질다면 사람을 어찌 포용하지 못하겠으며, 내가 어질지 못하다면 남들이 장차 나를 거절할 것이니, 어떻게 남을 거절할 수 있겠는가?"

子夏之門人, 問交於子張. 子張曰 "子夏云何?" 對曰 "子夏曰 '可
자하지문인 문교어자장 자장왈 자하운하 대왈 자하왈 가

者與之, 其不可者拒之.'" 子張曰 "異乎吾所聞. '君子尊賢而容衆,
자 여 지 기불가자거지 자장왈 이호오소문 군자존현이용중

嘉善而矜不能.' 我之大賢與, 於人何所不容, 我之不賢與, 人將
가 선 이 긍 불 능 아 지 대 현 여 어 인 하 소 불 용 아 지 불 현 여 인 장

拒我, 如之何其拒人也?"
거 아 여 지 하 기 거 인 야

❀ 군자는 어진 이를 존경하는 마음으로 대하고, 민중은 사랑하는 마음으로 포용하며, 잘하는 이를 아름답게 여기고, 능하지 못한 이를 안타까운 마음으로 바라본다. 이와 같이 사귐(交)의 요체는 긍정적 시선으로 삶을 바라보는 것. 영화 〈로마의 휴일〉의 여주인공인 배우 오드리 헵번도 "아름다운 눈을 가지려면 남을 아름답게 바라보라."라고 했다던가.

張 베풀 장 云 이를 운 拒 막을 거 尊 높을 존 嘉 아름다울 가
矜 불쌍히 여길 긍 將 장차 장

05 진심으로 타이르되

〈안연顔淵〉 자공이 벗 사귐에 대하여 묻자, 공자께서 말씀하셨다. "진심으로 말해 주고 잘 인도해 주되 불가능하면 그만두어서 스스로 욕을 당하지는 말아야 한다."

子貢問友, 子曰 "忠告而善道之, 不可則止, 無自辱焉."
자공문우 자왈 충고이선도지 불가즉지 무자욕언

❀ 친구가 잘못을 저지르면 진심으로 충고해 주되, 듣지 않으면 그만둘 뿐 억지를 부리지는 않는다.

告 알릴 고 道 인도할 도[導와 통용] 辱 욕되게 할 욕

06 이익에 따른 행동

〈이인里仁〉 공자께서 말씀하셨다. "이익에 따라 행동하면 원망을 많이 받는다."

子曰 "放於利而行, 多怨."
자 왈 방 어 리 이 행 다 원

🌑 이익은 배타성을 띠고 있기 때문에 자기 몫만 챙기려 하면 갈등과 다툼이 생기고, 그것이 쌓이면 원망을 듣게 된다. 그러나 자유와 평화와 사랑 같은 고급 가치는 보편성을 띤다. 누가 많이 한다고 해도 아무도 나무라지 않으며, 많이 참여하면 할수록 세상은 더욱 밝아진다.

放 놓을 방 怨 원망할 원

07 더불어 말할 만한 사람

〈위령공衛靈公〉 공자께서 말씀하셨다. "더불어 말할 만한데도 더불어 말을 하지 않으면 사람을 잃어버리게 되고, 더불어 말할 만하지 못한데도 더불어 말한다면 말을 잃게 되는 것이니, 지혜로운 자는 사람을 잃지 아니하며 말도 잃지 아니한다."

子曰 "可與言而不與之言, 失人. 不可與言而與之言, 失言. 知者
자왈   가여언이불여지언   실인   불가여언이여지언   실언   지자

不失人, 亦不失言."
불실인   역불실언

　🌸좋은 친구는 놓치지 말 것이며, 쓸데없는 친구를 만나느라 시간 낭비를 하지 않는 현명함을 가지라는 말.

마을의 인심

08

〈이인里仁〉 공자께서 말씀하셨다. "마을의 인심이 어진 것은 아름다운 일이다. 마을을 선택해 살되 인하게 처신하지 않는다면 어찌 지혜롭다고 하겠는가?"

子曰 "里仁爲美. 擇不處仁, 焉得知?"
자왈   이 인 위 미   택 불 처 인   언 득 지

❀ 사람은 환경에 영향을 주면서 동시에 환경에 영향을 받는다. 우리가 사는 데는 아름답고 쾌적한 자연환경뿐만 아니라 좋은 마을, 좋은 학교, 좋은 직장 같은 인간적인 사회 환경과 뜻이 맞는 벗, 품위 있는 사람들과 어울려 서로 대화를 나눌 수 있는 의미론적 언어 환경도 소중하다. '백만금으로 집을 사고 천만금으로 이웃을 산다(百萬買宅, 千萬買鄰)'라고 하지 않던가.

處 살 처   得 얻을 득

지나간 일

〈팔일八佾〉 애공이 재아에게 사(社)에 대하여 물으니, 재아가 대답하기를 "하후씨는 소나무를 심어 사주(社主)로 사용하였고, 은나라 사람들은 잣나무를 사용하였고, 주나라 사람들은 밤나무를 사용하였으니, 그 이유는 백성으로 하여금 전율을 느끼게 하고자 해서였습니다." 하였다. 공자께서 이를 들으시고 말씀하셨다. "이미 이루어진 일이라 말하지 않겠으며, 끝난 일이라 간하지 않겠으며, 이미 지나간 일이라 탓하고 싶지 않다."

哀公問社於宰我. 宰我對曰 "夏后氏以松, 殷人以栢, 周人以栗,
애 공 문 사 어 재 아   재 아 대 왈   하 후 씨 이 송   은 인 이 백   주 인 이 율

曰 使民戰栗." 子聞之曰 "成事不說, 遂事不諫, 旣往不咎."
왈 사 민 전 율   자 문 지 왈   성 사 불 설   수 사 불 간   기 왕 불 구

❀ 역사를 기억하지 않으면 역사의 잘못을 반복할 가능성이 많다. 그러므로 용서는 하되 잊지는 말아야 하는 것이다. 그러

나 개인적으로 잘못한 일, 지나간 사소한 잘못, 다른 사람의 실언을 용서하지 않고 두고두고 들추어내고 거론하는 것은 군자다운 모습은 아닐 것 같다. 과거의 잘못을 깨닫고 반성한다면 새로운 미래가 가능하지 않겠는가. 특히 젊은 시절의 잘못은 관대한 마음으로 용서하고, 스스로 행동을 수정할 수 있는 기회를 주는 것이 어른스러운 모습일 듯.

宰 재상 재   后 임금 후   殷 성할 은, 은나라 은   栗 밤나무 률   遂 이를 수
咎 허물 구

二.
웃어른을 대하는
도리

사람의 평가

〈학이學而〉 공자께서 말씀하셨다. "아버지가 살아 계실 때에는 그 사람의 뜻을 관찰하여 그 사람됨을 살피고 아버지가 돌아가셨을 때에는 그 사람의 행동을 관찰하여 그 사람됨을 판단해야 하는 것이니, 3년 동안 아버지의 가르침을 고치지 말아야 효라 이를 수 있을 것이다."

子曰 "父在觀其志, 父沒觀其行, 三年無改於父之道, 可謂孝矣."
자왈 부재관기지 부몰관기행 삼년무개어부지도 가위효의

　❁ 근원이 없는 강물이 없고, 뿌리가 없는 나무가 없듯이 우리들의 생명은 부모님으로부터 온 것이며, 우리들의 가치관도 부모님으로부터 물려받은 것이다. 그러므로 자녀들은 부모님의 물질적, 정신적 유산을 승계하면서 서서히 독자적 세계를 만들어 가는 것이다. 부모님이 돌아가시자마자 기다렸다는 듯이 자기 뜻을 펼치는 것은 보기에도 좋지 않고, 현명한 태도도 아니다.

沒 가라앉을 몰, 죽을 몰

봉양과 효

02

〈위정爲政〉 자유가 효를 묻자, 공자께서 말씀하셨다. "지금 효라는 것은 물질적으로 봉양하는 것을 이르고 있다. 그러나 개나 말에게도 모두 이런 봉양은 있으니, 공경하는 마음이 없다면 무엇으로 구별하겠는가?"

子游問孝. 子曰 "今之孝者, 是謂能養. 至於犬馬, 皆能有養,
자유문효 자왈 금지효자 시위능양 지어견마 개능유양

不敬, 何以別乎?"
불경 하이별호

❀ 효가 어찌 물질적인 봉양만을 의미하겠는가. 부모님의 처지를 헤아리고 한 인격체로 존경하는 마음이 없다면, 봉양하는 음식과 의복이 무슨 소용이 있겠는가. 동물과 사람의 차이는 인간에 대한 예의와 공경 유무에 달려 있다는 말씀.

養 기를 양   敬 공경할 경

부모를 섬기되

〈이인里仁〉 공자께서 말씀하셨다. "부모를 섬기되 은미하게 간해야 하니, 부모의 뜻이 내 말을 따르지 않음을 보고서도 더욱 공경하고 어기지 않으며, 수고롭더라도 원망하지 않아야 한다."

子曰 "事父母幾諫, 見志不從, 又敬不違, 勞而不怨."
자 왈 사 부 모 기 간 견 지 부 종 우 경 부 위 노 이 불 원

❀ 부모와 자식의 관계는 선택적인 관계가 아니라 숙명적인 관계. 그러므로 조심하고 또 조심해야 하는 것. 설령 부모님이 잘못을 하였다고 해도 직접적으로 지적하지 않고, 우회적으로 은미하게 말씀을 드리는 게 사람의 도리일 것이다.

幾 기미 기   諫 간할 간   違 어기길 위   勞 일할 로

부모의 연세

〈이인里仁〉 공자께서 말씀하셨다. "부모님의 연세는 유념하지 않으면 안 된다. 한편으로 생각하면 오래 사셔서 기쁘지만, 한편으로 생각하면 연로하셔서 두렵다."

子曰 "父母之年, 不可不知也, 一則以喜, 一則以懼."
자 왈   부 모 지 년   불 가 부 지 야   일 즉 이 희   일 즉 이 구

❀ 맹자도 부모님이 살아 계시는 것이 군자의 세 가지 즐거움 중 하나라고 말했다. 하지만 부모님이 연로해지면 한편으로는 계속 건강하게 사시는 것이 기쁨이지만, 다른 한편으로는 점점 기력이 떨어지고 노쇠해 가는 것이 안타깝게 느껴지지 않을 수 없다. 그러므로 자녀들은 연세가 드실수록 부모님의 건강에 주의하고 의식주에 신경 쓰고, 우리 사회는 응당 그들의 복지를 배려해야 할 것이다.

喜 기쁠 희   懼 두려워할 구

05 상례

〈학이學而〉 증자가 말씀하였다. "초상을 당해서는 삼가서 상례를 치르고 멀리 돌아가신 분을 잘 추모하면 백성의 덕이 너그러운 데로 돌아갈 것이다."

曾子曰"愼終追遠, 民德歸厚矣."
증자왈 신종추원 민덕귀후의

❀ 부모 형제의 상을 당했을 때 애통해하지 않으면 한이 남게 되고, 슬픔의 눈물을 흘리지 않으면 마음이 정화되지 않는다. 그리고 정든 이를 그리워하고, 돌아간 분을 추모하는 것은 그 자체가 아름다운 풍속이지만, 살아남은 자의 화합과 연대를 위해서도 소중하다 할 것이다.

愼삼갈 신   追쫓을 추   厚두터울 후

06 형제

〈안연顔淵〉 사마우가 걱정하면서 말하였다. "사람들은 모두 형제가 있는데 나만 홀로 없구나." 자하가 말하였다. "내가 들으니, 삶과 죽음은 운명에 달린 것이고, 부귀는 하늘에 달려 있다 하였다. 군자가 남을 공경하고 실수가 없으며 남을 대할 때 공손하고 예의범절이 있으면, 온 세상 사람이 다 형제이니 군자가 어찌 형제가 없음을 걱정하겠는가?"

司馬牛憂曰 "人皆有兄弟, 我獨亡." 子夏曰 "商聞之矣, '死生有
사마우우왈   인개유형제   아독무   자하왈   상문지의   사생유

命, 富貴在天.' 君子敬而無失, 與人恭而有禮, 四海之內, 皆兄弟
명   부귀재천   군자경이무실   여인공이유례   사해지내   개형제

也. 君子, 何患乎無兄弟也?"
야   군자   하환호무형제야

🌸 핏줄을 나눈 형제도 형제지만 의기투합해서 서로를 존경하
고 신뢰해서 평생을 함께 살아갈 수 있다면, 천하에 형제 못지

않은 벗들이 많이 있을 것이다. 대문을 닫아걸면 뜰 안의 꽃만 자기의 것이지만, 대문을 열어젖히고 문밖을 나가면 천하의 꽃이 내 꽃이지 않은가.

憂 근심할 우   獨 홀로 독   恭 공손할 공   患 근심할 환

三.
사람을 보는 안목

꾸밈과 진실

〈학이學而〉 공자께서 말씀하셨다. "말을 잘 꾸미고 얼굴빛을 좋게 하는 사람 가운데는 어진 이가 적다."

子曰 "巧言令色, 鮮矣仁."
자 왈   교 언 영 색   선 의 인

🌑 마음에 걸리는 것이 있으면 겉에 신경을 쓰게 마련. 말이 너무 매끄럽고 아첨을 잘하는 사람은 진실성이 의심된다.

巧 공교할 교   鮮 드물 선

지나친 공손

02

〈공야장公冶長〉 공자께서 말씀하셨다. "말을 잘 꾸미고 얼굴빛을 좋게 하며 지나치게 공손한 것을 옛날 좌구명이 부끄럽게 여겼는데, 나 또한 이를 부끄럽게 여긴다. 원망을 감추고 그 사람과 사귀는 것을 좌구명이 부끄럽게 여겼는데, 나 또한 이를 부끄럽게 여긴다."

子曰 "巧言令色足恭, 左丘明恥之, 丘亦恥之. 匿怨而友其人, 左
자 왈   교 언 영 색 주 공   좌 구 명 치 지   구 역 치 지   익 원 이 우 기 인   좌

丘明恥之, 丘亦恥之."
구 명 치 지   구 역 치 지

❀ 꾸민 말이나 아첨하는 얼굴뿐만 아니라 지나친 공손도 문제. 그래서 '지나친 공손은 예가 아니다(過恭非禮)'라는 말이 나온 것이다.

足 지나칠 주   恭 공손할 공   恥 부끄러워할 치   匿 숨을 닉

03 얼룩소의 새끼

〈옹야雍也〉 공자께서 중궁에 대해 논평하셨다. "얼룩소의 새끼
가 색깔이 붉고 또 뿔이 제대로 났다면 비록 쓰지 않고자 하
나 산천의 신이 어찌 그것을 버려두겠는가?"

子謂仲弓曰 "犁牛之子, 騂且角, 雖欲勿用, 山川其舍諸?"
자 위 중 궁 왈   이 우 지 자   성 차 각   수 욕 물 용   산 천 기 사 저

❀ '얼룩소의 새끼가 색깔이 붉고 또 뿔이 제대로 났다'라는 것
은 중궁 아버지의 행실은 평판이 좋지 않았지만, 중궁 자신은
뿔이 잘 나고 붉은 빛깔이 선명해 귀한 제사 때 쓰이는 송아지
처럼 훌륭한 인격과 능력을 지니고 있었다는 것을 말한다. 당
시에는 사람은 좋은데 집안이 나쁘다는 이유로 등용하지 않는
경우가 있었던 모양이다. 그런 상황에서 공자는 소위 개천에
서 용 난 격인 중궁을 적극 옹호하면서 그를 크게 썼다고 한
다. 공자의 보편적 어짊이 빛을 발하는 장면이다.

犁 얼룩소 리, 쟁기 려   騂 붉은소 성   雖 비록 수   諸 그만둘 사

후생가외

04

〈자한子罕〉 공자께서 말씀하셨다. "후생이 두려워할 만하니 앞으로 오는 후생이 지금 사람보다 못할 줄을 어찌 알겠는가? 그러나 40~50세가 되어도 무엇을 이루었다는 소문이 없으면 그 또한 족히 두려울 것이 없는 것이다."

子曰 "後生可畏, 焉知來者之不如今也? 四十五十而無聞焉, 斯亦
자 왈   후생가외   언지래자지불여금야   사십오십이무문언   사역

不足畏也已."
부족외야이

❀ 흔히 선배가 후배를 깔보는 경우가 있는데, 그렇지 않다는 공자님의 말씀. 그러나 아무리 촉망받는 후배라 할지라도 나이 들어서까지 자기 분야에서 아무런 성취를 이루어 놓지 못했다면 그는 또한 두려워할 존재가 아니라는 것.

畏 두려워할 외   焉 어찌 언

05 바르게 해 주는 말

〈자한子罕〉 공자께서 말씀하셨다. "바르게 해 주는 말을 따르지 않을 수 있겠는가? 자신의 잘못을 고치는 것이 중요하다. 완곡하게 해 주는 말에 기뻐하지 않을 수 있겠는가? 그 말의 뜻을 새겨 보는 것이 중요하다. 기뻐하기만 하고 그 뜻을 새겨 보지 않으며, 따르기만 하고 자기의 잘못을 고치지 않는다면 내가 그런 사람을 어찌할 수가 있겠는가."

子曰 "法語之言, 能無從乎? 改之爲貴. 巽與之言, 能無說乎? 繹之
자왈 법어지언 능무종호 개지위귀 손여지언 능무열호 역지

爲貴. 說而不繹, 從而不改, 吾末如之何也已矣!"
위귀 열이불역 종이불개 오말여지하야이의

❀ 지혜로운 사람은 남이 해 주는 말을 잘 듣는다. 그래서 자기의 잘못을 지적해 주는 바른말을 들으면 따라 고치고, 완곡하게 해 주는 말을 들으면 기쁜 마음으로 그 말의 심층적 의미를 파악한다. 그런데 남의 말을 들을 줄 모르는 사람이나 듣고도

흘려버리는 사람은 공자조차도 '구제 불가능'이라고 생각한
것 같다.

지혜의 출발은 사람을 알아보는 것에서 시작되고(知人), 사람
을 알아보는 것은 그 사람의 말을 정확히 이해하는 것(知言)이
핵심이다.

遜 겸손할 손 [遜과 통용]　繹 풀어낼 역

06

여자와 소인

〈양화陽貨〉 공자께서 말씀하셨다. "성숙되지 못한 여자와 이기적인 남자인 소인은 기르기가 어려우니, 가까이하면 불손하고 멀리하면 원망한다."

子曰 "唯女子與小人, 爲難養也. 近之則不孫, 遠之則怨."
자왈   유여자여소인 위난양야 근지즉불손 원지즉원

❀ 오직 자기에게만 관심을 갖는 사람은 어떻게 해 볼 도리가 없다는 말. 여기서 '여자'는 모든 여성을 지칭한 것이 아니라 '성숙하지 못한 여자'라는 한정된 의미.

唯 오직 유   難 어려울 난   孫 공손할 손   怨 원망할 원

용서하고
사랑하며

모든 고등 종교와 사상의 궁극적 관심은 민중에 대한 사랑이다. 불교의 이타행(利他行)이나 기독교의 이웃 사랑은 모두 인간에 대한 이해와 관심과 존경을 말하고 있거니와, 공자 사상의 핵심도 결국 남을 사랑하라는 인(仁)이라 할 수 있다. 남들이 다 극락에 가지 않는다면 연옥에 그대로 남아 있겠노라는 보살의 마음이나, 이웃을 네 몸과 같이 사랑하라는 예수의 가르침이나, 자기가 하고 싶지 않은 일을 남에게 베풀지 말라는 공자의 말씀은 모두 사랑만이 인류를 구원할 수 있다는 메시지를 전하고 있는 것이 아니겠는가. 표현은 다르지만 역시 고수들끼리는 통하는 데가 있는 것 같다. 공자는 민중에게 사랑을 널리 베풀고 어려운 처지에 있는 이들을 구제해 줄 수 있다면 그것은 인의 경지를 넘어선 성(聖)의 경지라 하면서, 평생토록 지닐 한 마디의 말이 있다면 그것은 진실한 용서(적극적으로는 사랑)라고 말하였다. 이러한 공자의 '민중 사랑의 정신'은 맹자에게 계승되어 '민중과 더불어 즐거워하기(與民同樂)'로 나타난다. 유가의 애민 정신의 근원이 된 공자의 명언들을 살펴보자.

論語

一. 진실한 용서

❀ 평생의 화두 ❀ 진실한 용서 ❀ 자기 마음과 남의 마음

평생의 화두

〈위령공衛靈公〉 자공이 "한 말씀으로써 종신토록 행할 만한 것이 있습니까?" 하고 묻자, 공자께서 말씀하셨다. "그것은 서(恕)일 것이야! 자기가 하고자 하지 않는 일을 남에게 베풀지 말라는 것이다."

子貢問曰"有一言而可以終身行之者乎?"子曰"其恕乎! 己所不
자공문왈 유일언이가이종신행지자호   자왈 기서호 기소불

欲, 勿施於人."
욕 물시어인

🌸 내가 하기 싫은 일은 남도 하기 싫어할 것이다. 자기를 미루어 남을 이해하는 서(恕, 용서와 사랑)의 정신이 공자 사상의 핵심이다. 서(恕)는 인(仁)을 하는 방법. 맹자도 '우리 집 노인을 섬기듯이 남의 집 노인을 섬기며 우리 집 아이를 보살피듯 다른 집 아이를 보살펴라(老吾老, 以及人之老, 幼吾幼, 以及人之幼)'라고 하였다.

恕 용서할 서   施 베풀 시

02 진실한 용서

〈이인里仁〉 공자께서 말씀하시기를 "증삼아! 나의 도는 한 가지 이치로 일관되게 꿰뚫는 것이다." 하시자 증자께서 "예." 하고 대답하였다. 공자께서 나가시자, 문인들이 "무슨 말씀인가?" 하고 물으니, 증자께서 대답하셨다. "선생님의 도는 진실한 용서뿐이다."

子曰 "參乎! 吾道一以貫之." 曾子曰 "唯." 子出. 門人問曰 "何謂
자왈 삼호 오도일이관지   증자왈 유   자출 문인문왈 하위

也?" 曾子曰 "夫子之道, 忠恕而已矣."
야   증자왈 부자지도 충서이이의

❦ 공자가 평생 화두로 삼을 만한 말이 '서(恕, 용서와 사랑)'라고 한 데 이어, 공자의 학문을 후세에 전하는 데 핵심적 역할을 한 증자도 선생님의 도는 '진실한 용서'뿐임을 확인시켜 준다. 그런데 여기서 흔히 충서(忠恕)를 충과 서, 두 가지로 해석하는 데, 이것보다는 충을 서를 꾸미는 형용사로 봐서 '진실한 용서'

로 해석하는 것이 좋을 것 같다. 그래야 '일이관지(一以貫之)'란 말에 합당할 것이다.

예수님도 "선을 행하다가 낙심하지 말라. 언젠가는 거두리라." 라고 하였고,《중용》에도 "참된 것은 선을 택해 끝까지 고집하는것(誠之者, 擇善而固執之者也)"이라고 하였다.

貫 꿸 관   忠 진실할 충   恕 용서할 서

자기 마음과 남의 마음

〈안연顏淵〉 중궁이 인을 묻자, 공자께서 말씀하셨다. "문을 나갔을 때에는 큰손님을 만나듯이 하며, 백성에게 일을 시킬 때에는 큰 제사를 받들 듯이 하고, 자신이 하고자 하지 않는 일을 남에게 베풀지 말아야 하니, 이렇게 하면 나라에 있어서도 원망함이 없으며, 집안에 있어서도 원망함이 없을 것이다." 중궁이 말하였다. "제가 비록 불민하오나 청컨대 이 말씀을 실천하겠습니다."

仲弓問仁. 子曰 "出門如見大賓, 使民如承大祭, 己所不欲, 勿施
중궁문인 자왈 출문여견대빈 사민여승대제 기소불욕 물시

於人, 在邦無怨, 在家無怨." 仲弓曰 "雍雖不敏, 請事斯語矣!"
어인 재방무원 재가무원   중궁왈 옹수불민 청사사어의

❀ 외출을 해서 사람을 만날 때는 큰손님을 대하듯이 공경하고, 백성을 부릴 때에는 큰 제사를 받들 듯 조심하고 신중하며 자기가 하고 싶지 않은 일을 남에게 시키지 않는 것. 이것이

집과 나라의 평화를 유지하는 근본적인 방책. 우리나라 동학에서도 '사람이 하늘(人乃天)'이니, '사람 섬기기를 하늘 섬기듯이 하라(事人如天)'라고 가르친다. 사람을 수단으로 여기지 않고 목적으로 대하며 귀하게 여기는 분위기만 조성된다면, 무슨 원망이 있겠는가.

賓 손 빈   承 받들 승   雍 누그러질 옹, 사람 이름 옹   雖 비록 수   請 청할 청

二.
민중과
함께

※ 관대하면 민심을 얻고 ※ 외롭지 않은 사람 ※ 널리 베풀고 ※ 인을 실천하는 방법

관대하면 민심을 얻고

〈요왈堯曰〉 너그럽게 하면 민중을 얻고, 믿음성이 있으면 백성이 신임하고, 부지런하면 공적이 있게 되고, 공정하면 기뻐한다.

寬則得衆, 信則民任焉, 敏則有功, 公則說
관 즉 득 중   신 즉 민 임 언   민 즉 유 공   공 즉 열

❈ 관대하면 백성의 사랑을 받고, 책임감 있는 말을 하면 백성들이 믿고 따르며, 나랏일을 부지런히 보살피다 보면 공적이 쌓이고, 공평한 정치를 하면 사람들이 모두 기뻐하기 마련.

寬 너그러울 관   敏 부지런할 민, 민첩할 민   說 기쁠 열

02 외롭지 않은 사람

〈이인里仁〉 공자께서 말씀하셨다. "덕 있는 사람은 외롭지 않아서 반드시 이웃이 있게 마련이다."

子曰 "德不孤, 必有隣."
자 왈　덕 불 고　필 유 린

🌸 남에게 먼저 덕을 베푸는 사람 주위에는 사람이 모여들게 마련. 한여름 큰 느티나무 그늘 아래로 동네 사람들이 모여들 듯이.

孤 외로울 고　隣 이웃 린

널리 베풀고

〈옹야雍也〉 자공이 말하였다. "만일 백성에게 은혜를 널리 베풀어 많은 사람을 구제한다면 어떻겠습니까? 인하다고 할 만합니까?" 공자께서 말씀하셨다. "어찌 인에 해당되는 일이겠는가. 반드시 성의 경지일 것이다. 요순도 이 점에 있어서는 오히려 부족하게 여기셨을 것이다."

子貢曰 "如有博施於民, 而能濟衆, 何如? 可謂仁乎?" 子曰 "何事
자공왈   여유박시어민 이능제중 하여 가위인호   자왈   하사

於仁, 必也聖乎! 堯舜其猶病諸!"
어인   필야성호 요순기유병저

🌸 인(仁)은 자기가 서고 싶으면 남을 세워 주고, 자기가 현달하고 싶으면 남도 현달하게 해 주는 것이고, 성(聖)은 널리 사랑을 베풀어 주고 도탄에 빠진 민중을 구제해 주는 것. 정치적 억압에서 해방, 경제적 궁핍으로부터 자유, 무지의 어둠으로부터 지혜의 광명으로, 고통과 질병의 상태에서 건강과 평화

의 세계로 구원해 내는 것이 성(聖)의 경지가 아닐까. '박시어
민 이능제중'을 '박시제중(博施濟衆)'으로 줄여 쓰기도 한다.

국경을 초월해서 인술(仁術)을 베푸는 '국경 없는 의사회'나,
핵 없는 세상과 평화를 위해 헌신하는 '그린 피스'가 바로 이
런 공자의 사상을 현대적으로 실천하는 사람들이 아닐까.

博 넓을 박   施 베풀 시   濟 건널 제   堯 요임금 요   舜 순임금 순
猶 오히려 유

인을 실천하는 방법

〈옹야雍也〉 자공이 말하였다. "무릇 어진 사람은 자기가 서고 싶으면 남을 세워 주고, 자기가 현달하고 싶으면 남도 현달하게 해 준다. 능히 가까운 자기의 경우를 취해 비유해 나간다면, 이것은 인을 실천하는 좋은 방법이라고 할 수 있을 것이다."

子貢曰 "夫仁者, 己欲立而立人, 己欲達而達人, 能近取譬, 可謂
자공왈　부인자　기욕립이립인　기욕달이달인　능근취비　가위

仁之方也已."
인 지 방 야 이

　인(仁), 곧 사랑을 실천하는 방법은 자기를 미루어 남에게까지 나아가는 것. 이렇게 다 같이 잘되어 '공생공락(共生共樂)'하는 것이 유가의 이상이라고 할 수 있다.

譬 비유할 비

三.

이웃 사랑

❊ 공경하는 마음으로 ❊ 효성과 공경 ❊ 살신성인 ❊ 강직하고 의연하며

공경하는 마음으로

〈헌문憲問〉 자로가 군자에 대하여 물으니, 공자께서 "공경하는 마음으로써 몸을 닦는 것이다." 하셨다. 자로가 "이와 같을 뿐입니까?" 하자, "몸을 닦아서 사람을 편안하게 하는 것이다." 하고 대답하셨다. 다시 "이와 같을 뿐입니까?" 하고 묻자, 다음과 같이 말씀하셨다. "몸을 닦아서 백성을 편안하게 하는 것이다. 몸을 닦아서 백성을 편안하게 하는 일은 요 임금과 순 임금께서도 오히려 부족하게 여기셨다."

子路問君子. 子曰 "修己以敬." 曰 "如斯而已乎?" 曰 "修己以安
자로문군자 자왈 수기이경 왈 여사이이호 왈 수기이안

人." 曰 "如斯而已乎?" 曰 "修己以安百姓. 修己以安百姓, 堯舜
인 왈 여사이이호 왈 수기이안백성 수기이안백성 요순

其猶病諸."
기유병저

✻ 공경하는 마음으로 자기를 갈고닦은 후에 이런 내공을 바

탕으로 이웃과 공동체를 편안히 하는 것이 군자의 도리. 그런데 이것이 말처럼 그렇게 쉽지 않은데도 매사에 의욕이 넘친 제자 자로가 별것 아닌 듯이 여기자, 공자는 이런 경지는 요, 순 임금도 오히려 부족하게 여겼다고 하면서 '수기이안백성(修己以安百姓)'의 엄중함을 일깨우고 있다.

修 닦을 수

효성과 공경

<학이學而> 유자가 말하였다. "그 사람됨이 효성스럽고 공경스러우면서 윗사람에게 대들기를 좋아하는 자는 드물다. 윗사람에게 대들기를 좋아하지 않으면서 혼란을 일으키기를 좋아하는 자는 있지 않다. 군자는 근본에 힘써야 하는 것이니, 근본이 확립되면 도가 생기는 것이다. 효도와 공경이라는 것은 그 인을 행하는 근본일 것이야."

有子曰 "其爲人也孝弟, 而好犯上者, 鮮矣. 不好犯上, 而好作亂
유 자 왈 기 위 인 야 효 제   이 호 범 상 자 선 의   불 호 범 상 이 호 작 란

者, 未之有也. 君子務本, 本立而道生. 孝弟也者, 其爲仁之本與!"
자 미 지 유 야 군 자 무 본 본 립 이 도 생 효 제 야 자 기 위 인 지 본 여

　부모를 섬기고 나이 많은 사람을 공경하는 것이 이웃 사랑의 근본이라는 것. 자신을 공경하고 부형(父兄)에게 효제(孝弟)하지 않으면서 어찌 이웃을 사랑할 수 있으랴.

犯 범할 범 務 일 무, 힘쓸 무

03 살신성인

〈위령공衛靈公〉 공자께서 말씀하셨다. "뜻있는 선비와 어진 이는 살기를 구하여 사람을 해침이 없지만, 자신을 희생해서 인을 이루는 경우는 있다."

子曰 "志士仁人, 無求生而害人, 有殺身而成仁."
자 왈   지 사 인 인   무 구 생 이 해 인   유 살 신 이 성 인

> ❀ 뜻을 추구하는 사람과 사랑을 실천하는 사람은 자기가 살기 위해 남을 해치는 일은 결코 하지 않지만, 자기를 희생하면서 사랑을 이루는 경우는 있다. 아프리카 수단의 아이들에게 악기 연주하는 법을 가르쳐 삶의 희망을 갖게 해 주고 돌아가신 이태석 신부가 그런 분일까?

04 강직하고 의연하며

〈자로子路〉 공자께서 말씀하셨다. "강직하고 의연하며 질박하고 어눌한 태도를 갖는 것은 인에 가깝다."

子曰 "剛毅木訥, 近仁."
자 왈 강 의 목 눌 근 인

❀ 아기를 사랑하는 어머니는 강하고 의연하며, 이웃을 사랑하는 사람은 말을 조심하고 질박하다.

剛 굳셀 강 毅 굳셀 의 訥 말 더듬을 눌

예의 있고

품위 있게

공동체가 원활히 유지되고 사회에 질서가 있으려면 예와 법이 필요하다. 자기 몸가짐을 바르게 하고 다른 사람을 예로 대하는 것은 인간의 기본적인 도리이다. 모든 사람이 자기 하고 싶은 대로 행동하다가는 충돌이 발생하고, 사회가 혼란에 빠지기 때문이다.

공자가 살던 당시에도 이기심을 따라 행동하여 남의 기분을 거스르거나 남에게 피해를 주는 경우가 많았던 것 같다. 공자가 오죽하면 이기심을 극복해서 예로 돌아가는 것이 인(仁)이라고 했을까.

공자가 말한 예는 오늘날 우리가 말하는 예의범절의 의미에 국한되지 않는 좀 더 넓은 의미를 갖고 있다. 그 시대에 예는 상하의 차서질서(次序秩序)를 뜻하는 예법이라는 의미로 쓰이기도 했다. 이것은 당시 아랫사람들이 힘이 있다고 해서 윗사람에게 대드는 하극상을 경계하기 위한 것으로 보인다.

이와 같이 예가 봉건 사회의 윗사람들을 위한 이데올로기 기능을 한 것도 사실이지만, 오늘날처럼 부자간, 부부간, 사제 간, 친구 간에 지켜야 할 기본적인 예의마저 상실된 시대에는 다시 한번 공자가 말한 예의 근본정신과 인간 윤리적 함의를 음미해 보는 것도 필요할 것이다.

論語

一. 예의 정신

※ 예와 상례 ※ 사치와 검소 ※ 예가 없으면 ※ 효도의 의미

예와 상례

<팔일八佾> 임방이 예의 근본을 묻자, 공자께서 말씀하셨다. "훌륭하다 질문이여! 예는 사치하기보다는 차라리 검소한 것이 옳고, 상례는 형식적으로 잘 치르기보다는 차라리 슬퍼하는 것이 옳다."

林放問禮之本. 子曰 "大哉問! 禮與其奢也, 寧儉. 喪與其易也, 寧戚"
임 방 문 예 지 본 자 왈 대 재 문 예 여 기 사 야 영 검 상 여 기 이 야 영 척

❀ 예의를 차린다고 하면 흔히 겉치레를 잘하는 것으로 이해하는 경향이 있는데, 공자는 예는 사치한 것이라기보다는 자기의 처지에 맞게 검소한 것이라고 할 수 있고, 상례는 매끄럽고 빨리빨리 해치우는 것이라기보다는 진심으로 슬퍼하는 것이 낫다고 했다. 형식과 절차보다는 마음이 더 중요하지 않겠는가.

奢 사치할 사   寧 편안할 녕   儉 검소할 검   戚 슬퍼할 척

사치와 검소

<술이述而> 공자께서 말씀하셨다. "사치하다 보면 공손하지 못하게 되고 검소하다 보면 고루하게 되기 쉬운데, 공손하지 못한 것보다는 차라리 고루한 것이 낫다."

子曰 "奢則不孫, 儉則固. 與其不孫也, 寧固."
자왈　사즉불손　검즉고　여기불손야　영고

🌸 돈이 있다고 으스대면 위화감을 일으키고 검소함이 지나치면 고루해지기 쉽다. 그런데 공자는 거만한 것보다는 차라리 고루한 것이 덜 위험하다고 했다.

예가 없으면

03

〈태백泰伯〉 공자께서 말씀하셨다. "공손하되 예가 없으면 수고롭고, 조심하되 예가 없으면 두렵고, 용맹스럽되 예가 없으면 혼란스럽고, 강직하되 예가 없으면 너무 급하다. 군자가 어버이를 돈독히 모시면 백성이 어진 마음을 일으키고, 옛 친구를 버리지 아니하면 백성이 각박하지 않게 된다."

子曰 "恭而無禮則勞, 愼而無禮則葸, 勇而無禮則亂, 直而無禮則
자 왈 공 이 무 례 즉 로 신 이 무 례 즉 시 용 이 무 례 즉 란 직 이 무 례 즉

絞. 君子篤於親, 則民興於仁, 故舊不遺, 則民不偸."
교 군 자 독 어 친 즉 민 흥 어 인 고 구 불 유 즉 민 불 투

🌸 예는 상황에 알맞게 대응하는 조화가 생명. 너무 모자라도 문제지만 너무 지나쳐도 곤란하다. 매사를 행함에 중정(中正)을 지킬 일.

葸 두려울 시 勇 날쌜 용 絞 목맬 교 篤 도타울 독 興 일으킬 흥 偸 박할 투

효도의 의미

04

〈위정爲政〉 맹의자가 효를 묻자, 공자께서 "어김이 없어야 한다."라고 대답하셨다. 번지가 수레를 몰고 있었는데, 공자께서 말씀하셨다. "맹손씨가 나에게 효를 묻기에 나는 어김이 없으라고 대답하였다." 번지가 "무엇을 말씀하신 것입니까?" 하고 묻자, 공자께서 말씀하셨다. "부모가 살아 계실 땐 예로 섬기고, 돌아가시면 예로 장사 지내고, 돌아가신 뒤에는 예로 제사 지낸다는 말이다."

孟懿子問孝. 子曰 "無違." 樊遲御, 子告之曰 "孟孫問孝於我, 我
맹 의 자 문 효   자 왈   무 위   번 지 어   자 고 지 왈   맹 손 문 효 어 아   아

對曰 '無違.'" 樊遲曰 "何謂也?" 子曰 "生事之以禮, 死葬之以禮,
대 왈   무 위   번 지 왈   하 위 야   자 왈   생 사 지 이 례   사 장 지 이 례

祭之以禮."
제 지 이 례

　　❀ 효의 근본정신은 예를 다하는 데 있다. 부자간의 인격 존중,

이것이 현대적 효의 의미가 아닐까. 부모가 진정으로 자녀를 사랑한다면 자녀들이 왜 부모에게 예를 갖추고 존경하지 않겠는가.

그런데 오늘날에는 부모가 자녀를 자기의 소유물로 여겨, 자녀가 원하지 않는 전공과 대학을 강요하는 경우가 적지 않아 갈등이 일어나고 있다. 진정으로 자녀를 사랑한다면 '부모 뜻대로'가 아니라 '아이들의 가능성과 취향'을 존중할 필요가 있지 않을까.

違 어길 위　御 어거할 어　葬 장사 지낼 장

二. 예로 돌아가기

❀ 매사를 예에 입각해서 ❀ 잠시라도 인을 떠나지 않아 ❀ 검소한 풍속 ❀ 배우는 사람의 처신 ❀ 배부르게 먹지 않고

매사를 예에 입각해서

〈안연顔淵〉 안연이 인에 대하여 묻자, 공자께서 말씀하셨다. "이기심을 극복해서 예로 돌아가는 것을 인이라 할 수 있다. 하루 동안이라도 이기심을 이겨 예를 회복한다면 천하가 인으로 돌아갈 것이다. 인을 실천하는 것은 자기 몸에 달린 것이지, 남에게 달린 것이겠는가?" 안연이 "청컨대 그 실천 항목을 묻겠습니다." 하자, 공자가 말씀하셨다. "예가 아니면 보지를 말고, 예가 아니면 듣지를 말고, 예가 아니면 말하지를 말고, 예가 아니면 행동하지를 말아라." 그러자 안연이 말하기를, "제가 비록 똑똑하지는 못하지만 이 말씀을 실천하도록 하겠습니다."라고 했다.

顔淵問仁. 子曰 "克己復禮爲仁. 一日克己復禮, 天下歸仁焉. 爲
안 연 문 인   자 왈   극 기 복 례 위 인   일 일 극 기 복 례   천 하 귀 인 언   위

仁由己, 而由人乎哉?" 顔淵曰 "請問其目." 子曰 "非禮勿視, 非
인 유 기   이 유 인 호 재   안 연 왈   청 문 기 목   자 왈   비 례 물 시   비

禮勿聽, 非禮勿言, 非禮勿動.〞顔淵曰〝回雖不敏, 請事斯語矣.〞
례 물 청　비 례 물 언　　비 례 물 동　안 연 왈　회 수 불 민　청 사 사 어 의

❀ 자기중심주의를 극복해서 공동체 전체의 질서와 조화를 생각하는 것이 인의 정신. 예가 아니면 아예 보고 듣고 말하고 행동할 생각조차 하지 말라는 말. 나쁜 마음은 아예 싹부터 잘라야 하는 법. 불가에서도 바른 견해(正見), 바른 생각(正思), 바른 말(正語), 바른 행위(正業), 바른 직업(正命), 바른 노력(正精進), 바른 상념(正念), 바른 선정(正定)의 여덟 가지 바른 길(八正道)을 가라고 한다.

그런데 이런 일을 지금 바로, 오늘부터 실천해서 습관이 되도록 하는 것이 중요하다.

顔 성 안, 얼굴 안　淵 못 연　聽 들을 청　雖 비록 수

잠시라도 인을 떠나지 않아

〈이인里仁〉 공자께서 말씀하셨다. "부와 귀는 사람들이 바라는 것이나 정당한 절차와 방법으로 얻은 것이 아니면 누리지 말아야 하며, 빈(貧)과 천(賤)은 사람들이 싫어하는 것이지만 정상적으로 온 것이 아니라 하더라도 버리지 않아야 한다. 군자가 인을 버리면 어찌 그 이름값을 하겠는가? 군자는 밥 먹는 사이라도 인을 어겨서는 안 되니, 잠깐이라도 반드시 여기에 의지해서 행동해야 하며, 위태로운 지경에 있더라도 반드시 인에 의지해야 한다."

子曰 "富與貴, 是人之所欲也, 不以其道得之, 不處也. 貧與賤, 是
자왈   부여귀   시인지소욕야   불이기도득지   불처야   빈여천   시

人之所惡也, 不以其道得之, 不去也. 君子去仁, 惡乎成名? 君子
인지소오야   불이기도득지   불거야   군자거인   오호성명   군자

無終食之間違仁, 造次必於是, 顚沛必於是."
무종식지간위인   조차필어시   전패필어시

❈ 잘못된 방법으로 부귀를 누리지 않는 것은 군자의 당연한 도리이지만, 부당하게 겪게 되는 빈천이라도 그것을 버리지 말라는 것은 무슨 뜻인가. 맹자가 말한 '하늘이 장차 어떤 사람에게 큰 임무를 맡기려 할 때에는 먼저 심지를 괴롭히고 몸을 수고롭게 한다(天將降大任於是人也, 必先苦其心志, 勞其筋骨)'라는 것과 상통하는 말이 아닐까. 우리 속담에도 '젊을 때 고생은 사서도 한다'라는 말이 있지 않은가.

處 살 처 賤 천할 천 顚 넘어질 전 沛 늪 패

검소한 풍속

〈자한子罕〉 공자께서 말씀하셨다. "베로 만든 면류관을 쓰는 것이 예이지만 지금에는 관을 생사로 만들어 쓰니, 검소한 풍속이다. 나는 여러 사람의 풍속을 따르겠다. 당(堂) 아래에서 절하는 것이 예인데, 지금은 당 위에서 절을 하고 있으니, 이는 교만한 행동이다. 나는 비록 여러 사람의 행동과 어긋난다 하더라도 당 아래에서 절하겠다."

子曰"麻冕, 禮也, 今也純, 儉, 吾從衆. 拜下禮也, 今拜乎上, 泰
자왈 마면 예야 금야순 검 오종중 배하예야 금배호상 태

也, 雖違衆, 吾從下."
야 수위중 오종하

❀ 검소한 풍속은 따르는 게 마땅하지만, 잘못된 관행은 비록 많은 사람의 저항에 부딪치더라도 바로잡아야 한다는 말씀.

麻 삼 마   冕 면류관 면   純 생사 순

배우는 사람의 처신

〈자한子罕〉 공자께서 말씀하셨다. "나가서는 나랏일을 하는 공경(公卿)을 섬기고, 들어와서는 부형을 섬기며, 상사(喪事)를 감히 힘쓰지 않음이 없으며, 술로 곤란한 지경에 이르지 않는 것, 이 중에 어느 것이 나에게 해당되는 것이 있겠는가?"

子曰 "出則事公卿, 入則事父兄, 喪事不敢不勉, 不爲酒困, 何有
자 왈　 출 즉 사 공 경　 입 즉 사 부 형　 상 사 불 감 불 면　 불 위 주 곤　 하 유

於我哉?"
어 아 재

　❀ 사람의 도리를 다하는 것이 공부보다 우선이라는 동양의 전통 사상. 공자는 이렇게 사람 되는 공부를 하고 난 뒤에 지식을 습득하라고 가르친다.

卿 벼슬 경　勉 힘쓸 면　酒 술 주

05 배부르게 먹지 않고

〈학이學而〉 군자는 배부르게 먹지 않고, 안일하게 살지 않으며,
일을 민첩하게 하고 말을 신중히 한다.

君子食無求飽, 居無求安, 敏於事而愼於言.
군 자 식 무 구 포 거 무 구 안 민 어 사 이 신 어 언

❀ 적당한 식사는 오히려 정신을 맑게 하고, 적당한 가난은 생
활을 건실하게 한다. 이런 청빈한 생활을 하면서 신중한 언행
으로 남의 신임을 얻고 자기에게 맡겨진 일을 부지런히 한다
면 군자라 할 만하다.

求 구할 구   飽 배부를 포   敏 민첩할 민   愼 삼갈 신

三.

예
의
범
절

먹을 때도 예에 맞게

〈향당鄕黨〉 밥은 정한 것을 싫어하지 않으시며, 회는 가늘게 썬 것을 싫어하지 않으셨다. 밥이 상하여 쉰 것과 생선이 상하고 고기가 부패한 것을 먹지 않으셨으며, 빛깔이 나쁜 것을 먹지 않으시고, 냄새가 나쁜 것을 먹지 않으셨으며, 요리가 잘못된 것을 먹지 않으시고, 제때에 나온 것이 아니면 먹지 않으셨다. 자른 것이 올바르지 않으면 먹지 않으시고, 거기 해당되는 장을 얻지 않으면 먹지 않으셨다. 고기가 비록 많더라도 밥 기운을 이기게 하지 않으시며, 술은 일정한 양의 제한을 두지 않으셨지만, 어지러운 지경에까지 이르지 않으셨다. 시장에서 산 술과 포를 먹지 않으셨고, 생강 먹는 것을 거두지 않으셨다. 많이 잡수시지 않으셨다. 나라에서 제사 지내고 받은 고기는 밤을 넘기지 않고 드셨으며, 집에서 제사 지낸 고기는 사흘을 넘기지 않으셨으니, 사흘이 지나면 먹지 못하기 때문이다. 음식을 먹으면서 말씀하지 않으시며, 잠을 자면서 말씀하지 않으셨다. 비록 거친 밥과 나물국이라도 반드시 제반을 하되, 반드시 공경히 하셨다.

食不厭精, 膾不厭細. 食饐而餲, 魚餒而肉敗, 不食, 色惡不食, 臭
사 불염 정 회 불염 세 식 의 이 애 어 뇌 이 유 패 불식 색 악 불식 취

惡不食, 失飪不食, 不時不食, 割不正不食, 不得其醬, 不食. 肉雖
악 불식 실 임 불식 불 시 불식 할 부 정 불식 불 득 기 장 불식 육 수

多, 不使勝食氣, 唯酒無量, 不及亂. 沽酒市脯, 不食, 不撤薑食,
다 불 사 승 사 기 유 주 무 량 불 급 란 고 주 시 포 불식 불 철 강 식

不多食. 祭於公, 不宿肉, 祭肉, 不出三日, 出三日, 不食之矣. 食
부 다 식 제 어 공 불 숙 육 제 육 불 출 삼 일 출 삼 일 불 식 지 의 식

不語, 寢不言, 雖疏食菜羹, 必祭, 必齊如也.
불 어 침 불 언 수 소 사 채 갱 필 제 필 제 여 야

❈ 예절은 먹고 입고 사는 일상생활을 바로 하는 데서 출발한

다. 아무것이나 함부로 먹다가는 탈이 나고, 절제할 줄 모르고

시도 때도 없이 먹다가는 뚱뚱해지지 않던가.

食밥사, 먹을식 厭싫을염 膾회회 細가늘세 饐쉴의 餲쉴애
餒주릴뇌 臭냄새취 飪익힐임 割나눌할 醬젓갈장 勝이길승
沽팔고 脯포포 撤거둘철 薑생강강 宿묵을숙 菜나물채 羹국갱

02

바른 자리

〈향당鄕黨〉 자리가 바르지 않으면 앉지 않으셨다.

席不正, 不坐.
석 부 정 부 좌

❀ 아무리 좋은 자리라도 자기가 앉을 자리가 아니면 앉지 않는다.

鄕 고을 향 黨 마을 당, 무리 당 席 자리 석

03 모임의 예절

〈향당鄕黨〉 마을 사람들이 함께 술을 마실 때 지팡이를 짚은 노인이 나가면 그때 따라 나가셨다. 마을 사람들이 나례(儺禮) 의식을 행할 때는 조복을 입고 섬돌 위에 서서 지켜보셨다.

鄕人飮酒, 杖者出, 斯出矣. 鄕人儺, 朝服而立於阼階.
향 인 음 주 장 자 출 사 출 의 향 인 나 조 복 이 립 어 조 계

❀ 모임을 가질 때 상대방의 기분을 상하게 하지 않고 남을 배려할 줄 아는 사람은 매너 있는 사람. 어른을 모시거나 노약자, 임산부, 장애인, 어린아이와 모임을 가질 때 그들에 대한 특별한 관심과 따뜻한 배려가 필요할 것이다. 옛날 마을의 재앙을 몰아내기 위한 나례(儺禮) 의식을 할 때 정중한 자세를 견지하였듯이, 공동체의 안녕과 행복을 위한 축제를 벌일 때 마땅히 관심을 가지고 참여하여야 할 것이다.

飮 마실 음 杖 지팡이 장 儺 역귀 쫓을 나 服 옷 복 阼 동편 층계 조

거처할 때의 예의

〈향당鄕黨〉 잠잘 때에는 죽은 사람처럼 하지 않으시며, 집에 거처하실 때에는 모양을 내지 않으셨다. 상복 입은 자를 보시면 비록 절친한 사이라도 반드시 낯빛을 고쳐 예를 표하시며, 면류관을 쓴 관리와 봉사를 보시면 비록 사석이라도 반드시 예모로 대하셨다. 상복 입은 사람을 만나면 공경하였고, 지도와 호적을 짊어진 자에게도 공경하셨다. 잘 차린 음식을 받으시면 반드시 낯빛을 고쳐 일어나 예를 표하셨다. 빠른 우레와 맹렬한 바람이 일면 반드시 자세를 고치셨다.

寢不尸, 居不容. 見齊衰者, 雖狎必變, 見冕者與瞽者, 雖褻, 必以
침 불 시   거 불 용   견 자 최 자   수 압 필 변   견 면 자 여 고 자   수 설   필 이

貌. 凶服者, 式之. 式負版者. 有盛饌, 必變色而作. 迅雷風烈, 必變.
모   흉 복 자   식 지   식 부 판 자   유 성 찬   필 변 색 이 작   신 뢰 풍 렬   필 변

🌸 때와 장소에 맞게 처신하는 것이 예의 기본. 공적 업무를 수행하는 자를 우선시하고, 사생활에서는 긴장을 풀고 편안하게

지내며, 상례를 당한 친구에게는 정중하게 예를 표한다. 그리고 기상이변의 조짐이 있을 때에는 미리 경계를 하고 행동을 조심해야 하는 법.

齊 옷자락 자 衰 상옷 최 狎 익숙할 압 變 변할 변 冕 면류관 면 瞽 소경 고
褻 사사로울 설 貌 얼굴 모 凶 흉할 흉 版 널 판 饌 반찬 찬 迅 빠를 신

수레 안에서의 예절

05

〈향당鄕黨〉 수레에 오르실 때에는 반드시 바르게 서서 끈을 잡으셨다. 수레 안에서는 돌아보지 않으시며, 말씀을 빨리하지 않으시며, 손가락으로 가리키지 않으셨다.

升車, 必正立執綏. 車中, 不內顧, 不疾言, 不親指.
승 거 필 정 립 집 수 거 중 불 내 고 부 질 언 불 친 지

❀차 안에서 두리번거리거나 갑자기 큰 소리를 지르면 안전

운전에 방해가 된다.

升 오를 승 執 잡을 집 綏 끈 수 顧 돌아볼 고 疾 빠를 질 指 손가락 지

06 조심해야 하는 것

〈술이述而〉 공자께서 조심하신 것은 재계할 때와 전쟁과 질병이 있을 때였다.

子之所愼, 齊戰疾.
자 지 소 신 재 전 질

❀ 제사를 지낼 때에는 몸과 마음을 깨끗이 하지 않으면 부정이 타고, 전쟁을 할 때에는 신중하게 작전을 짜지 않으면 무모한 희생이 생기며, 전염병이 돌 때에는 출입을 삼가지 않으면 돌림병이 창궐한다.

愼 삼갈 신 齊 재계할 재[齋와 통용] 疾 병 질

07 필요한 만큼

〈술이述而〉 공자는 낚싯대를 드리워 고기를 잡았으며 그물로 잡지 않았고, 주살질을 할 때는 잠자는 새를 쏘지 않았다.

子釣而不綱, 弋不射宿.
자 조 이 불 강 익 불 석 숙

🌸 촘촘한 그물로 어린 고기까지 잡지 않고, 짐승을 쫓아도 도망갈 틈을 주는 것이 군자의 금도(襟度).

釣 낚시 조 綱 그물 강 弋 주살 익 射 쏠 석

선비의 정신

조선 후기 실학파 문인 박지원은 '책을 읽는 사람을 선비(讀書曰士)'라 하였고, 《중문대사전》에서는 선비를 '덕행과 학식을 겸비한 사람(有德行學識之人)'이라고 정의한 바 있다. 이와 같이 선비는 인류의 지혜와 문화적 자양분이 체계적으로 집적된 책을 읽고 인격이 훌륭하여 품위 있으면서도 의연한 삶의 태도를 견지한 사람을 지칭한다.

맹자도 천하의 넓은 곳인 인에 거처하고 천하의 바른 곳인 의에 서며 천하의 대도를 행하며, 뜻을 얻으면 민중과 함께 그것을 펴며, 뜻을 얻지 못하면 홀로라도 그 도를 행하고, 부귀를 얻더라도 그것을 지나치게 즐기지 않으며, 가난하고 천하더라도 자기의 뜻을 옮기지 아니하고, 위협과 무력에도 굴복하지 않는 삶의 태도를 가진 대장부를 이상적 인간형으로 제시하고 있다. 이러한 사상은 바로 공자의 인간관에 사상적 연원을 두고 있다. 의연하면서도 여유 있고, 어질고 지혜로우며 겁박하면서도 예를 잃지 않는 선비의 자세를 제시하는 공자의 명언을 이 장에서 살펴본다.

論語

一. 안빈낙도의 여유

※ 배부름을 구하지 않으며 ※ 청빈한 생활 ※ 거친 밥을 먹고 ※ 깨어 있는 삶

배부름을 구하지 않으며

〈학이學而〉 공자께서 말씀하셨다. "군자는 먹음에 배부름을 구하지 않으며, 거처할 때 편안함을 구하지 않으며, 일을 민첩히 하고 말을 삼가며, 도가 있는 이에게 나아가서 자기를 바로잡는다면 학문을 좋아한다고 이를 만하다."

子曰 "君子食無求飽, 居無求安, 敏於事而愼於言, 就有道而正
자왈   군자식무구포 거무구안 민어사이신어언   취유도이정

焉, 可謂好學也已."
언 가위 호학야이

🌼 학문을 좋아하는 사람은 어떤 사람일까? 공자는 자기에게 맡겨진 학업에는 부지런하고, 언행에는 신중한 태도를 취하며, 진리를 먼저 깨친 선각자에게 나아가 자기의 잘못된 점을 바로잡을 줄 알면서도, 생활은 검소하게 하는 사람이라고 말한다.

飽 배부를 포   就 나아갈 취

02 청빈한 생활

〈옹야雍也〉 공자께서 말씀하셨다. "현명하도다, 안회여! 한 대그릇의 밥과 한 표주박의 물로 누추한 시골에 살고 있는 것을 딴 사람들은 그 어려운 생활을 견뎌 내지 못하는데, 안회는 안빈낙도의 자세를 변치 않으니, 현명하도다, 안회여!"

子曰"賢哉, 回也! 一簞食, 一瓢飲, 在陋巷, 人不堪其憂, 回也,
자왈 현재 회야 일단사 일표음 재누항 인불감기우 회야

不改其樂, 賢哉, 回也!"
불개기락 현재 회야

❀ 진리를 추구하는 데 몰두하다 보면 무엇을 먹을까, 무엇을 마실까 하는 문제에 신경을 쓰지 않게 된다. 그러나 생활이 도에서 멀어지면 이런 부차적인 문제들이 머리를 어지럽혀 쓸데없는 일에 에너지를 낭비하게 된다. 공자가 가장 아끼던 제자 안연은 도 자체를 즐기며 가난한 생활에 만족하였던 모양이다.

簞 대광주리 단 瓢 박표 飲 마실 음 陋 좁을 루 堪 견딜 감 憂 근심할 우

03 거친 밥을 먹고

〈술이述而〉 공자께서 말씀하셨다. "거친 밥을 먹고 물을 마시며, 팔을 굽혀 그것을 베고 살더라도 즐거움이 또한 그 가운데 있다. 의롭지 않으면서 부하고 귀함은 나에게 있어서는 뜬구름과 같으니라."

子曰 "飯疏食飲水, 曲肱而枕之, 樂亦在其中矣. 不義而富且貴,
자왈 반소사음수 곡굉이침지 낙역재기중의 불의이부차귀

於我如浮雲."
어아여부운

🌸 참된 선비는 가난한 생활을 하면서도 마음을 편하게 가지고, 공부하는 것을 즐기며, 정의롭지 않은 권력이나 부를 하찮게 여긴다. 박지원은 '선비는 하늘이 준 벼슬(天爵, 어짊, 의로움, 진실함, 믿음성과 선을 좋아하고 게으르지 않은 것)을 하는 사람'이라고 하지 않았던가.

肱 팔뚝 굉   枕 베개 침   浮 뜰 부

깨어 있는 삶

04

〈헌문憲問〉 공자께서 말씀하셨다. "선비로서 편안하기를 생각하면 선비라 하기 부족하다."

子曰 "士而懷居, 不足以爲士矣."
자왈   사이회거   부족이위사의

🌸 선비가 물질적인 안락을 꿈꾸면 점점 도에서 멀어지게 된다. 진리를 섬길 것인가, 아니면 돈의 신 마몬을 섬길 것인가. 풍족한 생활을 하면서도 만족할 줄 모르면 늘 부족하고, 가난하면서도 만족할 줄 안다면 오히려 여유가 있다. 재벌 2세들의 상속 다툼은 돈이 없어서가 아니며, 가난한 집에 웃음꽃이 피는 것은 돈이 많아서가 아니다. 생텍쥐페리는 "이윤을 목표로 하는 산업은 인간을 위해 껌을 만드는 것이 아니라 껌을 팔기 위한 인간을 생산하려고 애쓴다."라며 욕망을 부추기는 자본주의 문명을 비판하였다.

맹자의 말대로 항심(恒心)을 유지하기 위해서는 일정한 항산

(恒産)이 필요한 것이 사실이다.

그런데 욕망은 끊임없어서 그것을 채우기는 쉽지 않다. 마치
바닷물을 마시면 더욱 갈증을 느끼는 것처럼. 그래서 노자는
'멈출 줄 아는 것(知止)'과 '만족할 줄 아는 것(知足)'을 강조했다.

懷 品을 회

二.

꼿꼿하고 의로운 삶

※ 날이 추워진 뒤에야 ※ 나라에 도가 있을 때 ※ 나라의 위태로움을 보면 ※ 이익을 보면

날이 추워진 뒤에야

〈자한子罕〉 공자께서 말씀하셨다. "날씨가 추워진 뒤에야 소나무와 잣나무가 늦게 시듦을 알 수 있는 것이다."

子曰 "歲寒然後, 知松栢之後凋也."
자 왈 세 한 연 후 지 송 백 지 후 조 야

❀ 세상이 어려워진 뒤에야 참된 선비의 진면목이 드러난다. 추사 김정희의 그림 〈세한도(歲寒圖)〉의 제목도 여기서 유래한 것.

"매화나무는 일생을 추위 속에서 지내면서도 향기를 팔지 않는다(梅一生寒, 不賣香)."

歲 해 세   寒 추울 한   栢 잣, 잣나무 백   凋 시들 조

02 나라에 도가 있을 때

〈태백泰伯〉 공자께서 말씀하셨다. "독실하게 진리를 믿고 배우기를 좋아하고, 죽음으로 선한 도를 지키며, 위태로운 나라에는 들어가지 않고 어지러운 나라에는 살지 않으며, 천하에 도가 있으면 나타나고, 도가 없으면 숨어야 한다. 나라에 도가 있을 때 가난하고 천한 것은 부끄러운 일이며, 나라에 도가 없을 때 부하고 귀한 것 또한 부끄러운 일이다."

子曰 "篤信好學, 守死善道, 危邦不入, 亂邦不居. 天下有道則見,
자왈 독신호학 수사선도 위방불입 난방불거 천하유도즉현

無道則隱. 邦有道, 貧且賤焉, 恥也. 邦無道, 富且貴焉, 恥也."
무도즉은 방유도 빈차천언 치야 방무도 부차귀언 치야

🌸 합리적으로 인재를 등용하는 사회에서 쓰이지 못한다면 그것은 자신에게 책임이 있는 것이고, 부당한 권력자에게 붙어 지배를 정당화시켜 주고 돈을 받는다면 그것은 부끄러운 일이다.

亂 어지러울 란   隱 숨길 은   賤 천할 천

나라의 위태로움을 보면

〈자장子張〉 자장이 말하였다. "선비가 나라의 위태로움을 보면 목숨을 바치며, 이득을 보면 의로운 것인가 생각하며, 제사를 지낼 때는 공경함을 생각하며, 상사(喪事)에는 슬픔을 생각한다면 무던하다 하겠다."

子張曰 "士見危致命, 見得思義, 祭思敬, 喪思哀, 其可已矣."
자 장 왈 사 견 위 치 명 견 득 사 의 제 사 경 상 사 애 기 가 이 의

🌸 선비는 책을 읽되 나라를 구하는 것을 잊지 않는다는 '독서불망구국(讀書不忘救國)'의 자세를 견지한다. 한말 나라가 누란(累卵)의 위기에 있을 때 선비들은 의병 운동에 앞장섰고, 1910년 한일강제병합 때 시인 황현은 〈절명시(絶命詩)〉를 남기고 순국하지 않았던가.

危 위태할 위 致 보낼 치

04 이익을 보면

〈헌문憲問〉 자로가 성숙된 사람에 대해 물으니, 공자께서 대답하셨다. "만일 장무중의 지혜와 공작의 탐욕하지 않음과 변장자의 용기와 염구의 재예(才藝)에 예악(禮樂)으로 무늬를 내면 이 역시 성인이 될 수 있을 것이다." 또 말씀하셨다. "지금의 성인은 어찌 굳이 그러할 것이 있겠는가. 이득을 보면 의를 생각하고, 나라의 위태로움을 보면 목숨을 바치고, 오래된 언약에 평소의 말을 잊지 않는다면 이 또한 성인이라 할 수 있을 것이다."

子路問成人. 子曰 "若臧武仲之知, 公綽之不欲, 卞莊子之勇, 冉
자로문성인   자왈 약장무중지지 공작지불욕 변장자지용 염

求之藝, 文之以禮樂, 亦可以爲成人矣." 曰 "今之成人者, 何必
구지예 문지이예악 역가이위성인의   왈 금지성인자 하필

然? 見利思義, 見危授命, 久要, 不忘平生之言, 亦可以爲成人矣."
연   견리사의 견위수명 구요 불망평생지언 역가이위성인의

처신을 보면 그 사람의 규모를 알 수 있다. 성숙한 사람은 정당한 절차와 방법으로 떳떳하게 얻은 것이 아니라면 부귀라도 누리지 않으며, 가난하고 천한 생활을 오히려 자기 단련의 계기로 삼을 줄 안다. 불의와 유혹은 항상 이익이라는 가면을 쓰고 나타나는데, 성숙한 사람은 그것을 분별해 내는 지혜를 가지고 매사를 사회정의에 입각해서 처리하고, 불리하더라도 자기와 한 언약을 지키며, 이웃과 공동체의 안녕을 위해 몸을 바치는 것도 마다하지 않는다.

若 같을 약   臧 성씨 장, 착할 장   仲 버금 중   綽 너그러울 작
卞 성씨 변, 조급할 변   莊 풀 성할 장   授 줄 수

三.

어질고 지혜롭게

지혜로운 사람과 어진 사람

〈옹야雍也〉 공자께서 말씀하셨다. "지혜로운 사람은 물을 좋아하고 어진 사람은 산을 좋아하며, 지혜로운 사람은 활동적이고 어진 사람은 평정하며, 지혜로운 사람은 인생을 즐길 줄 알고 어진 사람은 오래 산다."

子曰 "知者樂水, 仁者樂山, 知者動, 仁者靜, 知者樂, 仁者壽."
자 왈 지 자 요 수 인 자 요 산 지 자 동 인 자 정 지 자 락 인 자 수

🏵 맹자는 옳고 그름을 판별해 낼 줄 아는 '시비지심(是非之心)'이 지혜의 출발이고, 남을 긍휼히 여길 줄 아는 '측은지심(惻隱之心)'이 인의 출발이라고 했다. 공자는 옳고 그름을 가릴 줄 아는 지혜로운 자는 물을 좋아하고 남을 불쌍히 여기는 어진 사람은 산을 좋아한다고 했다. 물은 투명하고 깨끗하며 산은 진중하고 넉넉해서일까?

樂 좋아할 요, 즐길 락, 풍류 악   靜 고요할 정   壽 목숨 수

어질지 못한 자

〈이인里仁〉 공자께서 말씀하셨다. "어질지 못한 자는 오랫동안 곤궁한 데에 처할 수 없으며, 오랫동안 즐거움에 처힐 수도 없다. 어진 사람은 인을 편안히 여기고 지혜로운 사람은 인을 이롭게 여긴다."

子曰"不仁者, 不可以久處約, 不可以長處樂. 仁者安仁, 知者
자왈 불인자 불가이구처약 불가이장처락 인자안인 지자

利仁."
이인

❀어질지 못하고 속이 좁은 사람이 가난한 처지에 떨어지면 불평불만이 가득하고, 즐거운 생활을 하더라도 느긋하게 그것을 즐길 수가 없다. 그런데 어진 사람은 남을 사랑하는 것 자체를 즐기고 편안히 여기며, 지혜로운 사람은 이웃을 사랑하는 것이 바로 나를 비롯한 공동체 전체에게 이롭다는 것을 잘 안다.

덕과 말

03

〈헌문憲問〉 공자께서 말씀하셨다. "덕이 있는 사람은 반드시 훌륭한 말을 하거니와, 훌륭한 말을 하는 사람이 반드시 덕이 있는 것은 아니다. 어진 사람은 반드시 용기가 있거니와, 용기가 있는 자가 반드시 인이 있는 것은 아니다."

子曰 "有德者, 必有言, 有言者, 不必有德. 仁者, 必有勇, 勇者,
자왈　유덕자　필유언　유언자　불필유덕　인자　필유용　용자

不必有仁."
불필유인

❀ 훌륭한 삶을 사는 사람의 말은 체험에 바탕을 두고 있기 때문에 진실한 울림이 있지만, 아름다운 말을 하는 사람이 모두 훌륭한 인격을 겸비하고 있는 것은 아니다. 남을 사랑하는 사람은 불의를 참지 못하는 용기와 거룩한 분노가 있지만, 용맹한 사람이 반드시 어진 마음을 갖고 있는 것은 아니라는 것.

네 가지 자세

〈공야장公冶長〉 공자께서 자산을 두고 평하셨다. "군자의 도가
네 가지 있었으니, 그의 몸가짐이 공손하며, 윗사람을 섬길
때는 공경스러우며, 백성을 양육할 때는 은혜로우며, 백성을
부릴 때에는 의로웠다."

子謂子産. "有君子之道四焉. 其行己也恭, 其事上也敬, 其養
자 위 자 산   유 군 자 지 도 사 언   기 행 기 야 공   기 사 상 야 경   기 양

民也惠, 其使民也義."
민 야 혜   기 사 민 야 의

🌸 선비는 늘 몸가짐을 공손하게 하고 윗사람을 공경으로 대
하며, 나아가 정치를 할 때에는 백성을 의롭게 부리며 그들에
게 은혜를 베풀도록 해야 한다는 것. 선비는 독서를 한 결과를
몸으로 실천할 때 비로소 참된 군자가 된다.

아홉 가지 생각

05

〈계씨季氏〉 공자께서 말씀하셨다. "군자는 아홉 가지 생각함이 있다. 볼 때는 분명함을 생각하며, 들음에는 총명함을 생각하며, 얼굴빛은 온화함을 생각하며, 모습은 공손함을 생각하며, 말은 진실함을 생각하며, 일을 할 때는 공경함을 생각하며, 의심스러울 때는 물을 것을 생각하며, 분할 때는 어려움이 닥칠 것을 생각하며, 이득을 보면 바른 것인가를 생각한다."

孔子曰 "君子有九思. 視思明, 聽思聰, 色思溫, 貌思恭, 言思
공자왈 군자유구사 시사명 청사총 색사온 모사공 언사

忠, 事思敬, 疑思問, 忿思難, 見得思義."
충 사사경 의사문 분사난 견득사의

❀ 선비는 늘 자신을 갈고 다듬는 데 소홀해서는 안 되며, 성숙한 사람이 되고자 늘 아홉 가지 생각을 해야 한다는 것.

聽 들을 청   聰 귀 밝을 총   溫 따뜻할 온   貌 얼굴 모   疑 의심할 의

【여덟 번째 장】

성숙된 삶

인간이 인간으로 성숙되는 과정을 '사회화 과정'이라고 한다. 엄마의 품에서 자라던 아기가 차차 말을 하고 아장아장 걸으며 가정교육을 받다가 어느 정도 나이가 들면 학교로 가서 정규교육을 받는다. 그런 과정을 거쳐 몸과 마음이 성장해 간다. 그렇게 20세가 되면 성년이라고 칭한다.

그러나 육체적으로 성인이 되었다고 해서 '성숙한 사람'이라고 할 수 있을까? 나이가 들어서도 자기밖에 모르고, 철없는 행동을 하는 사람이 얼마나 많은가. 그렇다면 공자는 과연 어떤 사람을 성숙한 사람이라고 했을까. 여기서는 공자가 말하는 성숙한 인간인 '군자'에 대한 연명들을 통해 군자의 처신과 삶의 방식을 알아본다.

論語

一. 군자의 길

01 두루 사랑하고

〈위정爲政〉 공자께서 말씀하셨다. "군자는 두루 사랑하고 편당하지 않으며, 소인은 편당하고 두루 사랑하지 않는다."

子曰 "君子周而不比, 小人比而不周."
자왈 　군자주이불비 　소인비이부주

❋ 성숙한 사람은 자유, 평화, 정의, 생명 같은 보편적 가치를 추구하기 때문에 누구와도 연대할 수 있고, 자기 이익만 밝히는 사람은 학연, 지연, 혈연 등에 얽매여 끼리끼리 모이기 때문에 파당적이다.

周 두루 주

도로 기쁘게 하기

〈자로子路〉 공자께서 말씀하셨다. "군자는 섬기기는 쉬워도 기쁘게 하기는 어렵다. 기쁘게 하기를 도로써 하지 않으면 기뻐하지 않으며, 사람을 부림에 있어서는 그 사람의 그릇에 따라 한다. 소인은 섬기기는 어려워도 기쁘게 하기는 쉽다. 기쁘게 하기를 비록 도에 맞게 하지 않더라도 기뻐하며, 사람을 부림에 있어서는 다 갖추기를 요구한다."

子曰 "君子易事而難說也. 說之不以道, 不說也, 及其使人也,
자 왈   군 자 이 사 이 난 열 야   열 지 불 이 도   불 열 야   급 기 사 인 야

器之. 小人難事而易說也. 說之雖不以道, 說也. 及其使人也,
기 지   소 인 난 사 이 이 열 야   열 지 수 불 이 도   열 야   급 기 사 인 야

求備焉."
구 비 언

⬤ 하늘을 본 사람이 어찌 이 땅의 것에 만족할 수 있겠는가.

진리로 자유로워진 사람을 세속적인 것들로 유혹하는 것은 쉽

지 않다. 그러나 소인들은 대하기는 까다로우나 기쁘게 하기는 쉽다. 이권을 주면 금방 넘어오기 때문이다.

군자는 사람의 장점을 취해 쓰지만, 소인은 사람의 단점을 들추어내어 지적한다. 사람이 가진 능력 이상을 요구하는 것도 일종의 폭력이다.

易 쉬울 이, 바꿀 역   難 어려울 난   說 기쁠 열, 말씀 설, 달랠 세   備 갖출 비

03 모범과 혜택

〈이인里仁〉 공자께서 말씀하셨다. "군자는 덕을 생각하고 소인은 처하는 곳을 생각하며, 군자는 모범을 생각하고 소인은 혜택을 생각한다."

子曰 "君子懷德, 小人懷土. 君子懷刑, 小人懷惠."
자 왈 군 자 회 덕 소 인 회 토 군 자 회 형 소 인 회 혜

> 🔘 군자는 보다 높은 도덕적 수준에 올라 남의 모범이 되려고 정진하지만, 소인은 더 많은 땅을 소유하고 온갖 혜택을 받으려고만 한다.

懷 품을 회

04

옳음과 이익

〈이인里仁〉 공자께서 말씀하셨다. "군자는 의로움에 밝고 소인
은 이익에 밝다."

子曰 "君子喩於義, 小人喩於利."
자왈 군자유어의 소인유어리

🏵 군자는 사회정의 실현에 관심을 가지지만, 소인은 오직 자
기 자신에게 유리한가 불리한가 하는 것만을 생각한다.

05 평탄과 걱정

〈술이述而〉 공자께서 말씀하셨다. "군자는 평탄하여 여유가 있고, 소인은 늘 걱정스러워 한다."

子曰 "君子坦蕩蕩, 小人長戚戚."
자왈 군자탄탕탕   소인장척척

🏵 군자는 마음을 넓게 가져 언제나 평정심을 유지하는 데 비해 소인은 더 가지지 못해 안달이고 늘 걱정이 많다.

坦 평평할 탄   蕩 쓸어버릴 탕   戚 걱정할 척

06 태연과 교만

〈자로子路〉 공자께서 말씀하셨다. "군자는 태연하되 교만하지 않고, 소인은 교만하되 태연하지 못하다."

子曰 "君子泰而不驕, 小人驕而不泰."
자왈 군자태이불교 소인교이불태

🌸 군자는 하늘을 우러러 부끄러울 것이 없으므로 늘 떳떳하고, 소인은 자기가 제일 잘났다고 생각하므로 교만이 가득하다.

07 큰 문제와 작은 문제

〈헌문憲問〉 공자께서 말씀하셨다. "군자는 큰 문제에 통달하고, 소인은 작은 문제에 통달한다."

子曰 "君子上達, 小人下達."
자왈　군자상달　소인하달

❀ 군자는 공동체의 문제를 우선시하여 보편적 가치를 실천하는 데 능력을 발휘하고, 소인은 개인의 이익을 앞세우기 때문에 자질구레한 이해관계에 빠삭하다.

08 아름다움과 악

〈안연顔淵〉 공자께서 말씀하셨다. "군자는 남의 아름다움을 이루어 주고 남의 악을 조장하지 않는데, 소인은 이와 반대이다."

子曰 "君子成人之美, 不成人之惡. 小人反是."
자왈 군자성인지미 불성인지악 소인반시

❀ 군자는 남의 장점을 칭찬하고 남의 성공을 진심으로 축하해 주지만, 소인은 남의 악을 조장하고 남이 잘되는 것을 못봐 준다.

조화와 똑같음

09

〈자로子路〉 공자께서 말씀하셨다. "군자는 조화를 추구하고 획일적이지 않으며, 소인은 획일적이고 조화를 추구하지 않는다.

子曰 "君子和而不同, 小人同而不和."
자 왈 군 자 화 이 부 동 소 인 동 이 불 화

🏵 군자는 서로의 개성을 존중하면서도 조화를 이루지만, 소인은 서로의 다름을 인정하며 어울리지 못하고 똑같기만을 요구한다.

한 가지 목적

〈위정爲政〉 공자께서 말씀하셨다. "군자는 한 가지 목적으로 쓰이는 그릇이 아니다."

子曰 "君子不器."
자 왈 군 자 불 기

❀ 군자는 특수한 어떤 곳에만 쓰일 수 있는 기능적인 지식을 추구하는 존재가 아니라, 세상을 경영하고 민중을 구제하는 데 필요한 학문을 두루 공부하는 보편적인 지성인이다.

말과 행동

〈이인里仁〉 공자께서 말씀하셨다. "군자는 말을 어눌하게 하고, 실천에는 민첩하고자 한다."

子曰 "君子欲訥於言, 而敏於行."
자 왈 군 자 욕 눌 어 언 이 민 어 행

❀ 말을 쉽게 하다 보면 실수가 많다. 지도자의 경솔한 언행은 국민을 실망시키고, 국가를 혼란에 빠트린다. 그래서 공자는 지도자적 위치에 있는 사람에게 말을 신중하게 하고, 실천에 부지런하라고 한 것이다.

欲 하고자할욕　訥 말더듬을 눌　敏 재빠를 민

12 합리화

〈자장子張〉 자하가 말하였다. "소인들은 허물이 있으면 반드시 꾸며서 합리화한다."

子夏曰 "小人之過也, 必文."
자 하 왈   소 인 지 과 야   필 문

🌸 인간은 불완전한 존재. 그런데 군자는 잘못을 한 뒤에 즉각 그것을 고치는 데 비해 소인은 잘못을 저지르고 나서 변명하고 합리화함으로써 더 큰 수렁으로 빠져든다.

二. 바람직한 처신

본바탕과 외관

〈옹야雍也〉 공자께서 말씀하셨다. "본바탕이 외관을 지나치면 촌스럽고, 외관이 본바탕을 앞서면 겉치레만 잘한 것이니, 외관과 본바탕이 잘 조화된 뒤에야 군자라 하겠다."

子曰 "質勝文則野, 文勝質則史. 文質彬彬然後君子."
자 왈 질 승 문 즉 야 문 승 질 즉 사 문 질 빈 빈 연 후 군 자

❀ 아름다움은 조화에서 오는 것. 사람도 마찬가지. 그릇은 크나 교양을 쌓지 않으면 촌스럽고, 국량은 좁은데 너무 꾸미려다 보면 가분수가 된다.

02 온화하면서 절도가 있어

〈술이述而〉 공자께서는 온화하면서도 절도가 있으시고, 위엄이 있으면서도 사납지 않으시며, 공손하면서도 편안하셨다.

子溫而厲, 威而不猛, 恭而安.
자 온 이 려 위 이 불 맹 공 이 안

❀ 온화하면 풀어지기 쉽고, 위엄이 있으면 긴장감이 조성되고, 공손하면 위축되기 쉬운 법인데, 공자는 중정(中正)을 잘 지켜 온화한 가운데에서도 질서가 있고, 위엄이 있으면서도 사람에게 겁을 주지 않고, 공손하면서도 자연스러웠던 모양이다.

厲 갈 려, 모날 려 威 위엄 위 猛 사나울 맹

03 가난하면서도 원망하지 않아

〈헌문憲問〉 공자께서 말씀하셨다. "가난하면서 원망하지 않기 란 어렵고, 부자이면서 교만하지 않기란 쉽다."

子曰 "貧而無怨難, 富而無驕易."
자 왈 빈 이 무 원 난 부 이 무 교 이

🧿 사실 가난하게 살면서 불평불만을 하지 않기란 쉬운 일이 아니다. 그런데 돈이 있으면서도 조금 절제해서 티를 내거나 으스대지 않는 것은 비교적 쉽다고 할 수 있다. 그래서 '가진 자들의 도덕적 의무(노블레스 오블리주)'를 요구하는지도 모른다.

04 세상을 피하고

〈헌문憲問〉 공자께서 말씀하셨다. "현자는 세상을 피하고, 그다음은 땅을 피하고, 그다음은 얼굴을 보고 피하고, 그다음은 말을 피한다."

子曰 "賢者辟世, 其次辟地, 其次辟色, 其次辟言."
자 왈 현 자 피 세 기 차 피 지 기 차 피 색 기 차 피 언

🌸 세상이 어지러우면 현자는 은둔해서 수양과 독서에 몰두한다. 세상을 피하는 것이 어려우면 혼탁한 곳을 떠나고, 그것도 어려우면 사람을 만나는 것을 피하고, 어쩔 수 없이 만난다 하더라도 즐겨 말을 섞지 않는다.

辟 피할 피[避와 통용]   次 버금 차

05 유익한 즐거움

〈계씨季氏〉 공자께서 말씀하셨다. "유익한 즐거움이 세 가지 있고, 손해되는 즐거움이 세 가지 있다. 예악을 절도 있게 즐거워하며, 사람의 선함을 말하기 즐거워하며, 어진 친구가 많음을 즐거워하면 유익하다. 교만한 것을 즐거워하고, 편안히 노는 것을 즐거워하며, 향락에 빠짐을 즐거워하면 손해가 된다."

孔子曰 "益者三樂, 損者三樂. 樂節禮樂, 樂道人之善, 樂多賢友,
공 자 왈   익 자 삼 요   손 자 삼 요   요 절 예 악   요 도 인 지 선   요 다 현 우

益矣. 樂驕樂, 樂佚遊, 樂宴樂, 損矣."
익 의   요 교 락   요 일 유   요 연 락   손 의

> 🔹 교만한 것, 편안히 노는 것, 향락에 빠지는 것을 즐거워하는 것이 소인의 즐거움이라면, 예악을 즐기더라도 도를 넘지 않고, 남이 잘한 일을 칭찬하기를 좋아하며, 좋은 친구들과 사귀기를 좋아하는 것은 바로 군자의 즐거움이 아니겠는가.

損 덜 손   節 마디 절   宴 잔치 연

06 사람들이 좋아하면

〈자로子路〉 자공이 묻기를 "마을 사람들이 모두 좋아하면 어떻습니까?" 하지, 공자께서 "가(可)하지 못하다." 하셨다. "마을 사람들이 모두 미워하면 어떻습니까?" 하자, 공자께서 대답하셨다. "가(可)하지 못하다. 마을 사람 중에 선한 자가 좋아하고, 선하지 못한 자가 미워하는 것만 같지 못하다."

子貢問曰 "鄕人皆好之, 何如?" 子曰 "未可也" "鄕人皆惡之, 何如?"
자공문왈 향인개호지 하여   자왈 미가야   향인개오지 하여

子曰 "未可也. 不如鄕人之善者好之, 其不善者惡之."
자왈 미가야   불여향인지선자호지 기불선자오지

❀ 모든 사람을 만족시키는 사람은 사실 줏대가 없는 사람이다. 정의를 추구하는 사람은 많은 양식 있는 사람의 지지를 받을 것이지만 부당한 권력자들에게는 미움을 살 것이다. 그래서 시대를 앞서 가는 사람 중에는 당시의 기득권층에 의해 희생을 당하고, 민중들로부터 외면을 당하는 경우도 있다. 그러

나 당시의 부당한 정권과 기득권층으로부터는 미움을 받아도 양식 있는 수많은 시민들로부터 사랑과 존경을 받는 사람은 역사에 길이 남을 것이다.

정의의 길을 가는 사람은 세속 사람들과의 불화를 각오하지 않으면 안 된다.

鄕 시골 향   뽑다 개

지나침과 모자람

〈선진先進〉 자공이 "사(자장)와 상(자하)은 누가 낫습니까?" 하고 묻자, 공자께서 "사는 지나치고, 상은 미치지 못한다." 하셨다. 자공이 물었다. "그러면 사가 낫습니까?" 공자께서 말씀하셨다. "지나침은 미치지 못함과 같다."

子貢問, "師與商也, 孰賢?" 子曰 "師也過, 商也不及." 曰 "然則
자공문 사여상야 숙현 자왈 사야과 상야불급 왈 연즉

師愈與?" 子曰 "過猶不及."
사유여 자왈 과유불급

❀ 공자의 제자 사는 매사에 의욕이 넘쳐 정도를 지나치고, 상은 좀 소심해서 늘 기준에 미달했던 모양이다. 그런데 늘 기준에 미달하는 것도 문제지만, 넘치는 것도 역시 문제라는 것. '과유불급(過猶不及)'이란 말처럼.

執 누구 숙   賢 어질 현   愈 나을 유   猶 오히려 유, 같을 유

네 제자의 포부

〈선진先進〉 자로, 증석, 염유, 공서화가 공자를 모시고 앉았는데, 공자께서 말씀하셨다. "내 나이가 다소 너희들보다 많다 하여 그렇게 어렵게 여기지 말라. 너희들이 평소에 말하기를 '나를 알아주지 못한다' 하였는데, 만일 혹시라도 너희들이 아는 것이 있다면 어찌 말해 보지 않느냐?" 자로가 경솔하게 먼저 대답하였다. "천 승(千乘)의 제후국이 대국의 사이에서 속박을 받아 전란의 문제가 놓여 있고 또 기근이 들어 있더라도 제가 다스릴 경우, 3년에 이르면 백성을 용맹하게 할 수 있고 또 해결할 방안을 알게 할 수 있습니다." 공자께서 비웃었다. "구(염유)야! 너는 어찌 하겠느냐?" 하시자 다음과 같이 대답하였다. "사방 60~70리 혹은 50~60리쯤 되는 나라를 제가 다스릴 경우, 3년에 이르면 백성을 풍족하게 할 수 있거니와, 예악 같은 문제는 군자를 기다려 처리하겠습니다." "적(공서화)아! 너는 어떻게 하겠느냐?" 하시자 다음과 같이 대답하였다. "저는 능하다는 말은 하지 않고, 배우기를 원합니다. 종묘의 일 또는 제후들이 회동할 때에 예복을 입고 관을 쓰고 작은 집례자가 되기를 원하옵니다." "점(증석)아, 너는 어떻게 하겠느냐?" 하시자 그는 비파를 타기를 드문드문하더니, 쨍그랑 하고 비파를 놓으며 일어나 대답하였다. "세 사람이 선택한 것과는 다릅니다." 공자께서 말씀하시기를 "무엇이 나쁘겠는가? 또한 각기 자기의 포부를 말하는 것이다." 하시자 다음과 같이 대답하였다. "늦봄에 봄옷이 이미 만들어지면 관을 쓴 자 5~6명, 어린아이 6~7명과 함께 기수에서 목욕하고 무우에서 바람 쐬고 노래하면서 돌아오겠습니다." 공자께서 감탄하시며 "나는 점과 같이 하겠노라." 하셨다. 세 사람이 나가자, 증석이 뒤에 남아 있었는데, 증석이 말하였다. "저 세 사람의 말이 어떻습니까?" 공자께서 대답하셨다. "또한 각기 제 뜻을 말했을 뿐이다." 증석이 "선생께서는 어찌하여 자로를 비웃었습니까?" 하고 물었다. "나라를 다스림은 예로써 해야 하는데, 그의 말이 겸손하지 않았다. 그러므로 웃은 것이다." 증석이 "염유가 말한 것은 나라를 다스리는 일이 아닙니까?" 하고 묻자 공자께서 다음과 같이 대답하셨다. "사방 60~70리 혹은 50~60리가 되고서 나라가 아닌 것을 어디서 보겠느냐?" "공서화가 말한 것은 나라를 다스리는 일이 아닙니까?" 하고 묻자, 이렇게 대답하셨다. "종묘의 일과 회동하는 일이 제후의 일이 아니고 무엇이겠느냐? 공서화가 작은 일을 한다면 누가 능히 큰일을 할 수 있겠느냐?"

子路曾晳冉有公西華侍坐. 子曰 "以吾一日長乎爾, 毋吾以也.
자로증석염유공서화시좌 자왈   이오일일장호이 무오이야

居則曰'不吾知也,' 如或知爾, 則何以哉?" 子路率爾而對曰 "千
거즉왈 불오지야 여혹지이 즉하이재   자로솔이이대왈 천

乘之國, 攝乎大國之間, 加之以師旅, 因之以饑饉, 由也爲之, 比
승지국 섭호대국지간 가지이사려 인지이기근 유야위지 비

及三年, 可使有勇, 且知方也." 夫子哂之. "求, 爾何如?" 對曰 "方
급삼년 가사유용 차지방야   부자신지 구 이하여   대왈 방

六七十, 如五六十, 求也爲之, 比及三年, 可使足民. 如其禮樂, 以
육칠십 여오륙십 구야위지 비급삼년 가사족민 여기예악 이

俟君子." "赤, 爾何如?" 對曰 "非曰能之, 願學焉. 宗廟之事, 如
사군자　　적 이하여　대왈　비왈능지　원학언　종묘지사　여

會同, 端章甫, 願爲小相焉." "點, 爾何如?" 鼓瑟希, 鏗爾, 舍瑟而
회동 단장보 원위소상언　점 이하여　고슬희 갱이 사슬이

作. 對曰 "異乎三子者之撰." 子曰 "何傷乎? 亦各言其志也." 曰
작 대왈 이호삼자자지찬　자왈　하상호　역각언기지야　왈

"莫春者, 春服旣成, 冠者五六人, 童子六七人, 浴乎沂, 風乎舞
모춘자 춘복기성 관자오륙인 동자육칠인 욕호기 풍호무

雩, 詠而歸." 夫子喟然歎曰 "吾與點也." 三子者出, 曾皙後. 曾皙
우　영이귀　부자위연탄왈　오여점야　삼자자출 증석후 증석

曰 "夫三子者之言, 何如?" 子曰 "亦各言其志也已矣." 曰 "夫子
왈　부삼자자지언　하여　자왈　역각언기지야이의　왈 부자

何哂由也?" 曰 "爲國以禮, 其言不讓, 是故哂之." "唯求則非邦
하신유야　왈　위국이례 기언불양 시고신지　유구즉비방

也與?" "安見方六七十, 如五六十, 而非邦也者?" "唯赤則非邦也
야여　안견방육칠십 여오륙십 이비방야자　유적즉비방야

與?” “宗廟會同, 非諸侯而何? 赤也爲之小, 孰能爲之大.”
여   종묘회동 비제후이하 적야위지소 숙능위지대

위 장면은 공자 학당에서 펼쳐진 조그만 심포지엄이라고 할 수 있을까. 공자가 강학을 마치고 그동안 제자들이 공부하고 축적한 내공을 듣고 코멘트를 해 준다. 자로는 국방 문제, 염유는 경제 문제, 공서화는 국가 의식과 외교 문제에 각각 자신 있음을 내비치고, 증석은 늦은 봄날 젊은이들과 함께 바람을 쐬고 싶다는 포부를 밝힌다. 그러자 공자는 자로와 염유와 공서화의 포부도 나름대로의 의미가 있지만, 자기는 욕심 없이 자연을 벗 삼아 지내고 싶다고 한 증석과 뜻을 같이한다고 말한다.

毋 말 무 居 있을 거 率 경솔할 솔 乘 탈 승 攝 끼일 섭 師 군대 사 饑 주릴 기
饉 흉년 들 근 且 또 차 哂 비웃을 신 廟 사당 묘 端 바를 단, 옷 단 鼓 북 고
瑟 거문고 슬 希 드물 희 鏗 금옥 소리 갱 爾 어조사 이 舍 숨 놓을 사
撰 갖출 찬, 지을 찬 莫 늦을 모[暮와 통용] 沂 물 이름 기 讓 사양할 양

三.
겸손한 삶

❋ 자랑하지 않으며 ❋ 세 가지 군자의 도 ❋ 조바심을 내지 말고 ❋ 자기의 무능을 걱

정해야 ❋ 자신을 바로 알기 ❋ 사생과 부귀 ❋ 공자의 인생 편력

자랑하지 않으며

〈옹야雍也〉 공자께서 말씀하셨다. "맹지반은 공을 자랑하지 않았다. 패주하면서 후미에 처져 있다가, 장차 성문에 들어가려 할 때 말을 채찍질하며 말하기를, '내가 감히 일부러 뒤에 처진 것이 아니라, 내가 탄 말이 빨리 나아가지 못하였을 뿐이다'라고 하였다."

子曰 "孟之反, 不伐. 奔而殿, 將入門, 策其馬曰 '非敢後也, 馬不
자왈   맹지반   불벌   분이전   장입문   책기마왈   비감후야   마부

進也.'"
진야

🌑 노자가 어떤 성과를 이루고 자랑하지 말라(果而勿伐)고 하였는데, 맹지반이 그런 사람이었던 모양이다. 전쟁을 하다가 후퇴할 때 다른 병사들을 성안으로 들여보낸 뒤 맨 나중에 들어오면서도 자기 공을 내세우지 않고 겸양하였다.

奔 달릴 분, 도망칠 분   殿 후군 전, 큰 집 전   策 채찍 책

세 가지 군자의 도

〈헌문憲問〉 공자께서 말씀하셨다. "군자의 도가 세 가지인데, 나는 능한 것이 없다. 어진 자는 근심하지 않고, 지혜로운 자는 의혹되지 않고, 용맹스러운 자는 두려워하지 않는 법이다." 자공이 말하기를, "선생님께서 스스로에 대해 말씀한 것이다."라 하였다.

子曰 "君子道者三, 我無能焉. 仁者不憂, 知者不惑, 勇者不懼."
자왈 군자도자삼 아무능언 인자불우 지자불혹 용자불구

子貢曰 "夫子自道也."
자공왈 부자자도야

❀ 누가 어질고 지혜롭고 용맹스럽기를 바라지 않을까. 이런 세 가지 군자의 도는 공자도 능하지 못하다고 겸양할 정도이니, 우리 같은 범인들이야 어찌 감히 자처할 수 있겠는가. 꾸준히 노력할 뿐.

03 조바심을 내지 말고

〈학이學而〉 공자께서 말씀하셨다. "남이 자신을 알아주지 못함을 걱정하지 말고, 내가 남을 알지 못함을 걱정해야 한다."

子曰 "不患人之不己知, 患不知人也."
자왈 불환인지불기지 환부지인야

❀ 남들이 자기의 좁은 식견을 알아주지 않는다고 염려할 것이 아니라, 당연히 알아야 할 다른 인물들의 생애나 사상을 모르는 것을 걱정하라는 것.

04 자기의 무능을 걱정해야

〈헌문憲問〉 공자께서 말씀하셨다. "남이 나를 알아주지 못함을
걱정하지 말고, 자신의 능하지 못함을 걱정해야 한다."

子曰 "不患人之不己知, 患其不能也."
자왈 불환인지불기지 환기불능야

❀ 군자는 늘 자기의 부족한 점을 반성하는 법이지, 남이 자기
를 알아주지 않는다고 초조해하지 않는다.

05 자신을 바로 알기

〈자장子張〉 진자금이 자공에게 말하였다. "그대가 공손해서 그렇지, 중니(공자의 자)가 어찌 그대보다 낫겠는가?" 자공이 말하였다. "군자는 한마디 말로 지혜롭다 하며 한마디 말로 지혜롭지 못하다 하는 것이니, 말은 조심하지 않을 수 없다. 선생님을 따르지 못함은 마치 하늘을 사다리로 오르지 못하는 것과 같다. 만일 선생님께서 나라를 얻으신다면 이른바 '세우면 서고, 인도하면 이에 따르고, 편안하게 해 주면 이에 따라오고, 고무시키면 이에 동화(同和)하여, 그가 살아 계시면 영광스럽게 여기고, 돌아가시면 슬퍼한다'라는 것이니, 어떻게 그를 따를 수 있겠는가?"

陳子禽謂子貢曰 "子爲恭也, 仲尼豈賢於子乎?" 子貢曰 "君子一
진자금위자공왈 자위공야 중니기현어자호   자공왈   군자일

言以爲知, 一言以爲不知, 言不可不愼也. 夫子之不可及也, 猶
언이위지   일언이위부지   언불가불신야   부자지불가급야   유

天之不可階而升也. 夫子之得邦家者, 所謂'立之斯立, 道之斯行,
천 지 불 가 계 이 승 야 부 자 지 득 방 가 자 소 위 입 지 사 립 도 지 사 행

綏之斯來, 動之斯和, 其生也榮, 其死也哀.'如之何其可及也?"
수 지 사 래 동 지 사 화 기 생 야 영 기 사 야 애 여 지 하 기 가 급 야

❀ 우리나라에 어떤 철없는 학자가 자기는 스승보다 낫다고
하여 세간의 비웃음을 산 적이 있었다. 그런데 공자의 제자 자
공은 다른 사람이 부추겨도 넘어가지 않고 자기 스승의 훌륭
한 점을 한결같이 칭송한다. 그 스승에 그 제자가 아닌가.

豈 어찌 기   猶 오히려 유   階 섬돌 계   綏 편안할 수   哀 슬플 애

06 사생과 부귀

〈안연顏淵〉 자하가 말했다. "나 상(자하)은 들었다. '죽고 사는 것
은 운명에 달린 것이고 부귀함은 하늘에 달린 것이다'라고."

子夏曰 "商聞之矣, '死生有命, 富貴在天'."
자 하 왈   상 문 지 의   사 생 유 명   부 귀 재 천

※죽고 사는 것을 우리 인간이 어떻게 할 수 있겠는가. 운명에
맡길 뿐. 작은 부와 지위는 인간의 노력으로 가능할지 모르지
만, 큰 부자와 큰 자리는 하늘에 달린 것.

공자의 인생 편력

〈위정爲政〉 공자께서 말씀하셨다. "나는 열다섯 살에 학문에 뜻을 두었고, 서른 살에 인생관이 확립되었고, 마흔 살에 미혹되지 않았고, 쉰 살에 천명을 알았고, 예순 살에 귀로 들으면 그대로 이해되었고, 일흔 살에 마음에서 하고자 하는 바를 따라도 법도를 넘지 않았다."

子曰 "吾十有五而志于學, 三十而立, 四十而不惑, 五十而知天
자 왈   오십유오이지우학   삼십이립   사십이불혹   오십이지천

命, 六十而耳順, 七十而從心所欲不踰矩."
명   육십이이순   칠십이종심소욕불유구

❀ 공자는 비교적 늦게 학문에 뜻을 두고 공부를 시작하였지만, 배우는 데만은 누구보다 열심이었다. 30세가 되어서는 '어떻게 살아야 하는가' 하는 인생관을 확립하였고, 40세에는 잘못된 학설이나 유혹에 흔들리지 않았으며, 50세가 되어서는 하늘의 사명을 알게 되었고, 60세가 되어서는 풍부한 경험으

로 남의 사정을 잘 헤아리게 되었고, 70세에는 하는 말이 저절로 남에게 위로가 되고, 하는 행동이 저절로 이치에 맞게 되었다.

공자는 타고난 천재가 아니라 평생 공부하기를 좋아하고 물어보는 데 부지런한 대기만성(大器晩成)형의 인물이었다.

【아홉 번째 장】

예술을 즐기며

시를 잃어버린 시대는 불행하다. 시인이 새 소리나 풀잎에 맺힌 이슬방울을 노래하지 않는다면 우리가 어떻게 자연의 신비를 알 수 있으며, 어두운 시대에 어둠을 밝히는 여명을 노래하지 않는다면 우리가 어떻게 희망을 가질 수 있겠으며, 민중의 아픔을 대변하고 현실의 모순을 예리하게 드러내지 않는다면 우리는 얼마나 답답할까. 김시습의 말대로 시는 현실에 만족하지 못하고 새로운 가치를 꿈꾸는 사람에게 하나의 구원이며, 노래와 음악은 삶에 지치고 일하는 사람들에게 큰 위로와 기쁨이 된다. 막걸리 한 사발에 흥겨운 민요를 한 가락 뽑고 어깨를 들썩이며 신바람이 나서 농사를 짓는 농부나, 순수한 마음으로 세상을 바라보며 천진한 느낌을 동요에 담아낼 줄 아는 어린아이들은 타고난 시인이다.

그런데 우리 현대인은 각박한 일상사에 파묻혀, 일과 놀이를 한 몸으로 체현하는 농부의 지혜나, 순수한 마음으로 아름다움을 꿈꾸는 어린아이의 마음과는 너무나 거리가 먼 삶을 살고 있지 않는가. 시심을 회복하고 음악을 즐길 줄 아는 마음의 여유가 아쉽다.

論語

一.

사람은 모름지기 시를 배워야

※ 시를 읽으면 마음이 바르고 ※ 즐거우나 지나치지 않고 ※ 시를 읽지 않으면 답답해져 ※ 시와 예를 배워야 ※ 시는 감흥을 일으키고 ※ 뜻의 전달

01

시를 읽으면 마음이 바르고

〈위정爲政〉 공자께서 말씀하셨다. "시경 300편의 뜻을 한마디의 말로 요약할 수 있으니, '생각에 사특함이 없다'라는 말이다."

子曰 "詩三百, 一言以蔽之, 曰 '思無邪'."
자 왈 시 삼 백 일 언 이 폐 지 왈 사 무 사

🌸 아리스토텔레스는 그의 《시학》에서 시가 인간의 감정을 정화시켜 준다고 하였거니와 공자는 시를 읽으면 마음이 바르게 된다고 했다. 사특함이 없는 마음이 바로 시심(詩心)이 아닐까.

蔽 덮을 폐 邪 간사할 사

즐거우나 지나치지 않고

〈팔일八佾〉 공자께서 말씀하셨다. "〈관저〉라는 민요는 즐거우면서도 지나치지 않고, 슬프면서도 몸을 상하게 하지 않는다."

子曰 "關雎, 樂而不淫, 哀而不傷."
자 왈   관 저   낙 이 불 음   애 이 불 상

　🌸 〈관저〉는 《시경》의 처음 나오는 남녀 간의 사랑을 노래한 민요시. 〈관저〉같이 훌륭한 시는 사람의 즐거움과 슬픔을 담아내면서도 정도를 지나치는 법이 없다.

雎 물수리 저   淫 지나칠 음   哀 슬플 애

03 시를 읽지 않으면 답답해져

〈양화陽貨〉 공자께서 백어에게 이르셨다. "너는 〈주남(周南)〉과 〈소남(召南)〉을 공부했느냐? 사람으로서 〈주남〉과 〈소남〉을 공부하지 않으면 담장을 정면으로 마주하고 서 있는 것과 같이 답답할 것이다."

子謂伯魚曰 "女爲周南召南矣乎? 人而不爲周南召南, 其猶正
자 위 백 어 왈   여 위 주 남 소 남 의 호   인 이 불 위 주 남 소 남 기 유 정

牆面而立也與!"
장 면 이 립 야 여

🔹 백어(伯魚)는 공자의 아들로, 이름은 이(鯉)이다. 〈주남〉과 〈소남〉은 《시경》1부에 나오는 첫째 편과 둘째 편의 이름. 사실만을 전달하는 글은 무미건조한 데 비해, 시는 언어를 함축적으로 구사하기에 여유가 있고 상상의 즐거움도 있다.

女 너 여   猶 같을 유   牆 담 장

04 시와 예를 배워야

〈계씨季氏〉 진강이 백어에게 물었다. "그대는 또한 특이한 견문이 있는가?" 백어가 대답하였다. "없었다. 일찍이 아버지께서 홀로 서 계실 때에 내가 빠른 걸음으로 뜰을 지나가는데, '시를 배웠느냐?' 하고 물으시기에 '못 배웠습니다' 하고 대답하였더니, '시를 배우지 않으면 말을 할 수 없다' 하시므로 내가 물러가 시를 배웠다. 다른 날에 또 홀로 서 계실 때에 내가 빠른 걸음으로 뜰을 지나가는데, '예를 배웠느냐?' 하고 물으시기에 '못 배웠습니다' 하고 대답하였더니, '예를 배우지 않으면 설 수 없다' 하시므로 내가 물러나와 예를 배웠다. 이 두 가지를 들었노라." 진강이 물러나와 기뻐하면서 말하였다. "하나를 물어서 셋을 들었도다. 시에 대해 듣고 예에 대해 들었으며, 또 군자가 그 아들을 멀리하는 것을 들었노라."

陳亢問於伯魚曰 "子亦有異聞乎?" 對曰 "未也. 嘗獨立, 鯉趨而
진 강 문 어 백 어 왈   자 역 유 이 문 호   대 왈   미 야   상 독 립   이 추 이

過庭, 曰 '學詩乎?' 對曰 '未也.' '不學詩, 無以言.' 鯉退而學詩.
과 정 왈 학 시 호 대 왈 미 야 불 학 시 무 이 언 이 퇴 이 학 시

他日, 又獨立, 鯉趨而過庭, 曰 '學禮乎?' 對曰 '未也.' '不學禮,
타 일 우 독 립 이 추 이 과 정 왈 학 례 호 대 왈 미 야 불 학 례

無以立.' 鯉退而學禮. 聞斯二者." 陳亢退而喜曰 "問一得三. 聞
무 이 립 이 퇴 이 학 례 문 사 이 자 진 강 퇴 이 희 왈 문 일 득 삼 문

詩聞禮, 又聞君子之遠其子也."
시 문 례 우 문 군 자 지 원 기 자 야

공자는 인간의 감정은 시를 읽으며 정화되고 인간의 행동
은 예에 입각해야 한다고 생각했다. 때문에 자기 아들 백어에
게 시를 배우지 않으면 말을 제대로 할 수 없고, 예를 배우지
않으면 독립해서 주체적으로 설 수 없으니 시와 예를 공부하
라고 한다.

嘗 일찍이 상 鯉 잉어 리 趨 달릴 추 庭 뜰 정 退 물러날 퇴

05

시는 감흥을 일으키고

〈양화陽貨〉 공자께서 말씀하셨다. "너희들은 어찌하여 시를 배우지 아니하느냐? 시는 사람의 감흥을 일으킬 수 있으며, 세상과 인심을 살필 수 있으며, 무리를 지을 수 있게 하며, 원망을 담아낼 수 있게 한다. 또 가까이는 어버이를 섬길 수 있게 하며, 멀리는 임금을 섬길 수 있게 하고, 새와 짐승, 풀과 나무의 이름을 많이 알게 한다."

子曰 "小子, 何莫學夫詩? 詩, 可以興, 可以觀, 可以群, 可以怨.
자왈 소자 하막학부시 시 가이흥 가이관 가이군 가이원

邇之事父, 遠之事君. 多識於鳥獸草木之名."
이지사부 원지사군 다식어조수초목지명

❀ 시는 자연의 신비를 노래하고 세상의 민심을 담아낸다. 시
    인은 자연의 친구이며 시대의 예언자이다.

興 일으킬 흥 觀 볼 관 群 무리 군 怨 원망할 원 邇 가까울 이 識 알 식
獸 짐승 수

06 뜻의 전달

〈위령공衛靈公〉 공자께서 말씀하셨다. "말은 뜻이 전달되게 할
뿐이다."

子曰 "辭, 達而已矣."
자 왈　사　달 이 이 의

🏵 말을 너무 꾸미면 말하려는 내용과 동떨어지기 쉽다. 그래
서 공자는 말을 할 때 사실을 전달하고, 진실을 드러내는 것이
가장 중요하다고 생각했다.

辭 말 사

二.
음악을 즐길 줄
아는 마음

❀ 선하고 아름답게 ❀ 음악의 감동 ❀ 시는 마음을 일으켜

01 선하고 아름답게

〈팔일八佾〉 공자께서 〈소(韶)〉라는 음악에 대해 평하시되 "형식적으로도 지극히 아름답고, 그 내용도 지극히 좋다." 하셨고, 〈무(武)〉라는 음악을 평하시되 "형식 면에서는 지극히 아름답지만 내용상 지극히 좋지는 못하다." 하셨다.

子謂韶, 盡美矣, 又盡善也. 謂武, 盡美矣, 未盡善也.
자 위 소 진 미 의 우 진 선 야 위 무 진 미 의 미 진 선 야

✿ 공자는 도덕적 엄숙주의자가 아니다. 음악을 즐길 줄 알고 음악에 대해 일가견을 지닌 뛰어난 음악 평론가였다. 〈소〉와 〈무〉라는 음악에 대해 논평한 것을 보면, 공자가 최고라고 생각한 음악은 〈소〉처럼 아름다운 형식과 선한 가사를 갖고 있는 진선진미(盡善盡美)의 노래인 것 같다. 요즘 우리 시대의 〈험한 세상에 다리가 되어〉가 그런 노래에 가까울까.

盡 다할 진

02 음악의 감동

〈술이述而〉 공자께서 제나라에 계실 적에 〈소(韶)〉라는 음악을 들으시고, 음악을 배우는 3개월 동안 고기 맛을 모르신 정도로 심취하셔서 말씀하시기를, "음악을 공부하는 것이 이러한 경지에 이를 줄은 전혀 예상하지 못했다." 하셨다.

子在齊聞韶, 三月不知肉味, 曰"不圖爲樂之至於斯也."
자 재 제 문 소 삼 월 부 지 육 미 왈 부 도 위 악 지 지 어 사 야

❀ 공자가 제나라에서 〈소〉 음악을 듣고 심취하여 3개월이나 고기 맛을 모를 정도였다니, 얼마나 음악을 즐기고 생활했는지 짐작할 수 있다. 거의 마니아 수준이라고 할 수 있지 않을까.

韶 풍류 이름 소 圖 그림 도

시는 마음을 일으켜

〈태백泰伯〉 공자께서 말씀하셨다. "시로 우리 마음을 흥기시키며, 예에 입각해 행동하며, 악으로 인격을 완성한다."

子曰 "興於詩, 立於禮, 成於樂."
자왈 흥어시 입어례 성어악

❀ 시로 우리 마음을 일으키고 예에 입각해서 행동하며 우리의 인격을 예악(禮樂)의 하모니 정신으로 완성한다.

三. 예에 노니는 생활

※ 예에 노닐며 ※ 군자다운 경쟁 ※ 활쏘기의 방법 ※ 장기와 바둑이라도

예에 노닐며

〈술이述而〉 공자께서 말씀하셨다. "도에 뜻을 두며, 덕을 굳게
지키며, 인에 의지하며, 예에 노닐어야 한다."

子曰 "志於道, 據於德, 依於仁, 游於藝."
자 왈　지 어 도　거 어 덕　의 어 인　유 어 예

🌸 궁극적인 목표는 도에 두고, 마음의 바탕은 덕에 두고, 인의
정신으로 살아가며, 예로 자유롭게 노닌다.

據 의거할 거　依 의지할 의　游 헤엄칠 유　藝 재주 예

군자다운 경쟁

02

〈팔일八佾〉 공자께서 말씀하셨다. "군자는 다투는 일이 없으나, 반드시 해야 한다면 활쏘기로 경쟁을 한다. 상대방에게 읍하고 사양하며 올라갔다가 활을 쏜 뒤에는 사대에서 내려와 술을 마시니, 그 다툼이 군자답다."

子曰 "君子無所爭, 必也射乎! 揖讓而升, 下而飮, 其爭也君子."
자왈 군자무소쟁 필야사호 읍양이승 하이음 기쟁야군자

❀ 군자는 내면의 목표를 달성하고자 정진하기 때문에 남과 다툴 겨를이 없다. 공자는 부득이 꼭 겨루어야 한다면 활쏘기로 하는 게 좋다고 생각했다. 활은 자기의 마음과 몸을 바르게 한 뒤에 쏘아야 바로 맞출 수 있고, 서로 예의를 갖추는 군자다운 모습을 잃지 않기 때문이다.

射쏠사 揖읍읍 讓사양할양 飮마실음

03 활쏘기의 방법

〈팔일八佾〉 공자께서 말씀하셨다. "활을 쏨에 있어 가죽 뚫는 데 주력하지 않음은 힘이 동등하지 않기 때문이니, 이것이 옛날의 활 쏘는 도이다."

子曰 "射不主皮, 爲力不同科, 古之道也."
자왈 사 부 주 피 위 력 부 동 과 고 지 도 야

🌸 활쏘기는 과녁의 정중앙을 맞추는 것을 목표로 하고 수양을 위해 하는 것이지, 그것을 힘으로 뚫는 것을 목표로 하는 것이 아니다. 그래서 활쏘기는 고대 학인들이 익혀야 할 6개의 교과목(數, 書, 禮, 樂, 射, 御) 가운데 하나로 채택되었다.

장기와 바둑이라도

〈양화陽貨〉 공자께서 말씀하셨다. "배부르게 먹고 하루해를 마치면서 마음을 쓰는 곳이 없다면 곤란하다. 장기와 바둑이라도 있지 않은가? 그것을 하는 것이 하지 않는 것보다는 나을 것이다."

子曰 "飽食終日, 無所用心, 難矣哉! 不有博奕者乎? 爲之猶賢乎已."
자 왈 포 식 종 일 무 소 용 심 난 의 재 불 유 박 혁 자 호 위 지 유 현 호 이

🌸 공부하는 사람이 종일 마음을 쓰는 일이 없으면 쓸데없이 남을 비방하거나 술을 퍼마시기 쉬운 법. 그럴 바에는 차라리 두뇌 체조에 도움이 되는 바둑이나 장기라도 하라는 말. 요즘 세대들은 옛날과는 달리 인터넷이나 스마트폰을 하느라 여유 시간이 없는 것도 문제인데, 예나 지금이나 창조적인 일과 즐거운 놀이의 조화가 필요할 듯. 선비는 집에 들어와서는 책을 읽고, 나가서는 훌륭한 인물들과 사귐을 가지는 생활을 한다. 그러나 늘 이렇게 긴장만 하고 살 수는 없기 때문에 난초를 기

르고 가야금과 거문고 소리를 듣는다. 빈둥거리며 노는 것보다 삶의 여유와 즐거움을 주는 게임을 하는 것이 낫다는 말. 그러나 이런 취미 생활도 도를 지나치면 문제이다. '완물상지(玩物喪志, 사물을 희롱하다 보면 뜻을 잃는다)'라는 말을 경계로 삼을 일이다.

飽 배부를 포   博 장기 박   奕 바둑 혁   賢 나을 현   己 그만둘 이

정치

덕으로 다스리는

【열번째 장】

개인적인 사랑은 한 사람을 행복하게 해 주지만, 정치적인 사랑은 국민 모두를 행복하게 해 줄 수 있다. 그런 의미에서 국민을 편하게 하는 정치는 세상의 고통을 덜어주고 갈등을 아름답게 해결한다는 의미에서 하나의 종합예술이라고 말할 수 있다. 그러나 지배자들은 늘 질서와 법을 강조하면서 명령과 지시로 백성을 통치하려 하고, 공권력과 형벌로써 다스리는 데 익숙하다.

유가에서는 자기를 가다듬어 세상 사람을 편안하게 하는 것이 정치의 목적이며, 정치의 요체는 세상을 바로잡는 데 있다고 하였다. 공자는 우선 이름을 바로잡아야 한다고 주장하며 일방적인 통치의 문제점을 바로잡기 위해 덕치주의를 내세운다. 공자는 정법으로 인도하고 형벌로 다스리면 백성이 형벌을 면하는 데 그치지만, 백성을 덕으로 인도하고 예로써 다스린다면 그들의 자율성과 능동성도 살릴 수 있다고 보았다. 그래서 공자는 덕으로 다스리는 정치를 하기 위해 합리적인 통치 방식과 유능한 인재 등용, 지도자의 청렴성과 솔선수범을 들고 있다. 지도자가 지도자답게 백성을 섬기고 공경하는 마음으로 나랏일을 처리하고, 어려운 일에 앞장서서 솔선수범으로 바르게 처신한다면 나라는 저절로 안정될 것이다. 문치(文治), 예치(禮治), 덕치(德治)의 실현과 대동사회(大同社會)의 건설을 꿈꾸면 공자의 정치관을 이 장에서 살펴본다.

論語

一.

올바른 정치

01 이름을 바로잡아야

〈자로子路〉 자로가 말하였다. "위나라 군주가 선생님을 기다려 정사를 하려고 하십니다. 선생께서는 장차 무엇을 먼저 하시렵니까?" 공자께서 대답하셨다. "반드시 이름을 바로잡겠다." 자로가 말하였다. "그러하시군요. 선생님의 멀리 돌아가심이! 어떻게 바로잡을 수 있겠습니까?" 공자께서 말씀하셨다. "비속하구나 유(자로)여! 군자는 자기가 알지 못하는 것에는 말하지 않고 가만히 있는 것이다. 이름이 바르지 못하면 말이 순통(順通)되지 못하고, 말이 순통되지 못하면 일이 이루어지지 못하고, 일이 이루어지지 못하면 예악이 일어나지 못하고, 예악이 일어나지 못하면 형벌이 알맞지 못하게 되고, 형벌이 알맞지 못하게 되면 백성이 손발을 둘 곳이 없어진다. 그러므로 군자가 이름을 붙이면 반드시 말할 수 있어야 하고, 말할 수 있으면 반드시 행할 수 있는 것이니, 군자는 그 말에 대하여 구차함이 없게 할 뿐이다."

子路曰 "衛君, 待子而爲政, 子將奚先?" 子曰 "必也正名乎!" 子
자로왈 위군 대자이위정 자장해선　자왈 필야정명호　자

路曰 "有是哉, 子之迂也. 奚其正?" 子曰 "野哉, 由也. 君子於其
로왈 유시재 자지우야 해기정　자왈 야재 유야 군자어기

所不知, 蓋闕如也. 名不正, 則言不順. 言不順, 則事不成. 事不成,
소부지 개궐여야 명불정 즉언불순 언불순 즉사불성 사불성

則禮樂不興. 禮樂不興, 則刑罰不中. 刑罰不中, 則民無所措手足.
즉예악불흥 예악불흥 즉형벌부중 형벌부중 즉민무소조수족

故君子名之, 必可言也. 言之, 必可行也. 君子於其言, 無所苟而
고군자명지 필가언야 언지 필가행야 군자어기언 무소구이

已矣."
이 의

❀ 정치의 출발은 이름을 바로잡는 데서 시작된다는 것. '동학
란'을 '동학농민전쟁'으로, '광주사태'를 '광주민주화운동'으
로 바로잡지 않고서는 새로운 정치와 참된 역사가 시작될 수

없다. 이름과 개념이 바로잡히지 않으면 진실을 파악하기 어렵고, 진실에 바탕을 둔 논의와 합의가 없으면 일이 제대로 될리 만무하다. 그러니 돌아가는 것 같아도 정치는 우선 사회현상에 걸맞은 개념을 부여하는 데서부터 시작할 수밖에 없다는 것.

衛 지킬 위   奚 어찌 해   迂 멀 우   蓋 덮을 개   罰 죄 벌   措 둘 조

02 임금은 임금답게

〈안연顏淵〉 제경공이 공자에게 정사에 대해 묻자, 공자께서 대답하셨다. "임금은 임금 노릇 하며, 신하는 신하 노릇 하며, 아버지는 아버지 노릇 하며, 자식은 자식 노릇 하는 것입니다." 제경공이 말하였다. "훌륭한 말씀입니다. 진실로 만일 임금이 임금 노릇을 못하며, 신하가 신하 노릇을 못하며, 아버지가 아버지 노릇을 못하며, 자식이 자식 노릇을 못한다면, 비록 곡식이 있은들 우리들이 그것을 먹을 수 있겠습니까?"

齊景公問政於孔子. 孔子對曰 "君君, 臣臣, 父父, 子子." 公曰 "善
제경공문정어공자 공자대왈 군군 신신 부부 자자 공왈 선

哉! 信如君不君, 臣不臣, 父不父, 子不子, 雖有粟, 吾得而食諸?"
재 신여군불군 신불신 부불부 자부자 수유속 오득이식저

❀ 임금은 임금답게 나라를 편안히 하고, 신하는 신하답게 올바른 정책을 내놓으며, 아버지는 아버지답게 모범을 보이고,

아들은 아들로서 책임을 다한다면 나라가 어찌 안정되지 않겠는가. 문신(文臣)이 돈을 탐하지 않고, 무신(武臣)이 죽음을 두려워하지 않는다면 나라가 태평하다고 하지 않았던가.

정치가는 정치가답게, 기업가는 기업가답게, 학자는 학자답게, 학생은 학생답게!

齊 제나라 제   景 볕 경   粟 조 속

덕으로 하는 정치

<위정爲政> 공자께서 말씀하셨다. "덕으로 정치하는 것은 비유하자면 북극성이 제자리에 머물러 있을 때에 뭇별들이 그를 향해 받드는 것과 같다고 할 것이다."

子曰 "爲政以德, 譬如北辰, 居其所, 而衆星共之."
자왈 위정이덕 비여북신 거기소 이중성공지

🏵 정치를 하는 지도자가 덕으로 백성을 인도하면 누가 그를 존경하지 않을 수 있겠는가. 공자는 덕치(德治), 예치(禮治), 문치(文治)를 실현하는 것을 정치의 이상으로 생각했다.

譬 비유할 비   共 받들 공[拱과 통용]

04 군자의 정치

〈안연顏淵〉 계강자가 공자께 정치에 대해 물었다. "만일 무도한 자를 죽여서 도가 있는 데로 나아가게 한다면 어떻겠습니까?" 공자께서 대답하셨다. "그대가 정치를 하면서 어찌 죽이는 방법을 쓰려고 하는가? 그대가 선하고자 하면 백성이 선해지는 것이다. 군자의 덕은 바람과 같고, 소인의 덕은 풀과 같다. 풀 위로 바람이 불면, 풀은 반드시 쓰러진다."

季康子問政於孔子曰 "如殺無道, 以就有道, 何如?" 孔子對曰
계 강 자 문 정 어 공 자 왈　 여 살 무 도　이 취 유 도　 하 여 　 공 자 대 왈

"爲政, 焉用殺? 子欲善, 而民善矣. 君子之德, 風 小人之德, 草,
위 정　언 용 살　자 욕 선　이 민 선 의　군 자 지 덕　풍　소 인 지 덕　초

草上之風 必偃."
초 상 지 풍　필 언

😀 지도자는 흔히 자기가 지닌 권력으로 백성을 억누르려는 유혹을 받기 쉽다. 형벌을 엄하게 하는 등 공권력으로 백성을

다스리면 일시적으로는 효과가 있는 것 같지만, 마음속에는 반발심이 남아 언젠가는 저항을 하게 된다. 이런 안이한 통치 방식을 쓰지 않고, 도덕적 권위와 솔선수범의 방법을 쓴다면 백성은 저절로 감화될 것이다. 마치 바람에 나부껴 풀이 저절로 눕듯이.

殺 죽일 살 就 나아갈 취 偃 쓰러질 언

빨리 하려고 하지 말고

〈자로子路〉 자하가 거보의 읍 책임자가 되어 정사를 묻자, 공자께서 말씀하셨다. "빨리하려고 하지 말고, 조그만 이익을 보지 말아야 한다. 빨리하려고 하면 제대로 하지 못하고, 조그만 이익을 보면 큰일을 이루지 못한다."

子夏爲莒父宰, 問政, 子曰 "無欲速, 無見小利. 欲速則不達, 見小
자하위거보재 문정 자왈   무욕속 무견소리   욕속즉부달 견소

利則大事不成."
리 즉 대 사 불 성

🏵 '빨리빨리' 문화가 속성을 낳고, 속성이 부실을 낳는다. 자기 임기 내에 공을 세우려고 무리하게 일을 추진하다 보면 온갖 무리수를 동원하게 되어, 국민들의 원성을 사고 일은 제대로 완성되지 않는다. 조그맣게 사사로운 이익을 탐하다가 보면 결국 나라 전체의 기강이 무너지고, 큰 문제는 뒷전으로 물러난다. 무릇 정치가는 침착하게 중요한 문제부터 차근차근

해결해 나가되, 결코 서두르지 않는다. 때에 이르면 결실을 이루기 마련이다.

목표는 원대하게 갖되, 일하는 순서는 경중을 가려서 할 필요가 있다. 세계화 시대에는 생각은 전 지구적으로 하되, 실천은 바로 자기가 서 있는 구체적 지역에서부터 할 필요가 있다.

백성을 부리는 방법

〈태백泰伯〉공자께서 말씀하셨다. "백성이 가능하다면 따르게 하고, 능력이 없으면 교육을 시켜라."

子曰 "民可, 使由之, 不可, 使知之."
자왈 민가 사유지 불가 사지지

🌸 이 문장을 흔히 '백성은 부릴 수는 있지만, 알게 할 필요는 없다(民可使由之, 不可使知之)'라고 해석을 해 왔지만, '백성이 능력이 있으면 거기에 알맞은 일을 시키고, 능력이 없다면 교육을 시켜 알게 만든다'로 풀이하면 어떨까?

정치의 우선순위

〈안연顔淵〉 자공이 정사를 묻자, 공자께서 말씀하셨다. "양식을 풍족히 하고, 군사를 풍족히 하고, 백성이 믿게 해야 할 것이다." 자공이 말하였다. "반드시 부득이해서 버린다면 이 세 가지 중에 무엇을 먼저 해야 합니까?" 공자께서 말씀하셨다. "군사를 버려야 한다." 자공이 말하였다. "반드시 부득이해서 버린다면 나머지 두 가지 중에 무엇을 먼저 해야 합니까?" 공자께서 말씀하셨다. "양식을 버려야 하니, 예로부터 사람은 누구나 다 죽음이 있거니와, 사람은 신의가 없으면 잠시라도 설 수 없는 것이다."

子貢問政, 子曰"足食, 足兵, 民信之矣."子貢曰"必不得已而去,
자공문정 자왈 족식 족병 민신지의 자공왈 필부득이이거

於斯三者, 何先?"曰"去兵."子貢曰"必不得已而去, 於斯二者,
어사삼자 하선 왈 거병 자공왈 필부득이이거 어사이자

何先?"曰"去食. 自古皆有死, 民無信不立."
하선 왈 거식 자고개유사 민무신불립

정치를 하는 데 있어 가장 중요한 것들은 먹고사는 경제 문제, 국민의 생명과 안전을 책임지는 국방 문제 그리고 국민과 정부가 서로 신뢰하게 만드는 것이다. 공자는 이 세 가지 모두 나라를 경영하는 데 없어서는 안 되는 것이지만, 가장 중요한 것은 신뢰라고 생각하였다. 국민이 지도자를 믿지 못하고, 지도자가 국민을 믿지 못하면 남는 것은 멸망밖에 없을 것이기 때문이다.

정치의 미덕과 악덕

〈요왈堯曰〉 자장이 공자께 묻기를 "어떠하여야 정사에 종사할 수 있습니까?" 하니, 공자께서 "다섯 가지 미덕을 높이고 네 가지 악덕을 물리치면 정사에 종사할 수 있다." 하고 대답하셨다. 자장이 "무엇을 다섯 가지 미덕이라 합니까?" 하고 묻자, 공자께서는 "군자는 은혜를 베풀되 허비하지 않으며, 수고롭게 하되 원망을 받지 않도록 하며, 바라는 것을 하면서도 탐하지 않으며, 태연하면서도 교만하지 않으며, 위엄이 있으면서도 사납지 않은 것이다." 하고 대답하셨다. 자장이 "무엇을 은혜를 베풀되 허비하지 않는 것이라 합니까?" 하고 묻자, 공자께서는 "백성이 이롭게 여기는 것을 이롭게 해 주면, 이것이 바로 은혜를 베풀되 허비하지 않는 것이 아니겠는가. 수고롭게 할 만한 일을 골라서 일을 시키니, 또 누가 원망하겠는가. 인을 하고자 하여 인을 얻으니 또 무엇을 탐하겠는가. 군자는 많거나 적거나 크거나 작거나에 관계없이 감히 교만함이 없으니, 이것이 태연하면서도 교만하지 않은 것이 아니겠는가. 군자가 의관을 바르게 하고 보는 것을 존엄히 하여 엄숙하면 사람들이 바라보고 두려워하게 될 것이니, 이것이 위엄 있으면서도 사납지 않은 것이 아니겠는가." 하고 대답하셨다. 자장이 "무엇을 네 가지 악덕이라고 합니까?" 하고 묻자, 공자께서 말씀하셨다. "가르치지 않고 죽이는 것을 학(虐)이라 하고, 미리 경계하지도 않고 만들어 내라고 감시하는 것을 포(暴)라 하고, 명령을 함부로 하고 기일을 각박히 하는 것을 적(賊)이라 하고, 똑같이 남에게 주면서도 출납할 때는 인색하게 하는 것을 유사(有司) 같은 짓이라고 한다."

子張問於孔子曰 "何如, 斯可以從政矣?" 子曰 "尊五美, 屛四惡,
자장문어공자왈   하여 사가이종정의   자왈 존오미 병사악

斯可以從政矣." 子張曰 "何謂五美?" 子曰 "君子惠而不費, 勞而
사가이종정의   자장왈 하위오미   자왈 군자혜이불비 노이

不怨, 欲而不貪, 泰而不驕, 威而不猛." 子張曰 "何謂惠而不費?"
불원 욕이불탐 태이불교 위이불맹   자장왈 하위혜이불비

子曰 "因民之所利而利之, 斯不亦惠而不費乎? 擇可勞而勞之, 又
자왈 인민지소리이리지 사불역혜이불비호 택가노이노지 우

誰怨? 欲仁而得仁, 又焉貪? 君子無衆寡, 無小大, 無敢慢, 斯不
수원 욕인이득인 우언탐 군자무중과 무소대 무감만 사불

亦泰而不驕乎? 君子正其衣冠, 尊其瞻視, 儼然, 人望而畏之, 斯
역태이불교호 군자정기의관 존기첨시 엄연 인망이외지 사

不亦威而不猛乎?" 子張曰 "何謂四惡?" 子曰 "不敎而殺, 謂之虐,
불역위이불맹호   자장왈 하위사악   자왈 불교이살 위지학

不戒視成, 謂之暴. 慢令致期, 謂之賊 猶之與人也, 出納之吝, 謂
불계시성 위지포 만령치기 위지적 유지여인야 출납지린 위

之有司."
지유사

❀ 다섯 가지 미덕을 높이고 네 가지 악덕을 물리치면 정치를

잘할 수 있다. 훌륭한 정치는 은혜를 베풀면서도 낭비가 없으

며, 국민들이 동의할 수 있는 일을 시키기 때문에 수고롭지만 원망이 없으며, 국민들이 원하는 것을 하되 탐욕을 부리지 않으며, 자신 있고 태연하면서도 결코 교만하지 않으며, 합리적인 권위는 있지만 국민에게 사납게 굴지 않는다. 그런데 나쁜 정치는 훈련을 시키지 않은 백성을 전쟁터에 내몰아 죽이고, 미리 대비할 시간도 주지 않고 무조건 만들어 내라고 윽박지르고, 명령을 함부로 발동하고 기일을 각박하게 하며, 세금을 거두거나 구휼미를 내줄 때 인색하게 하며 백성을 못살게 군다.

尊 높을 존   屛 물리칠 병   惠 은혜 혜   費 쓸 비   威 위엄 위   擇 가릴 택
貪 탐할 탐   寡 적을 과   慢 게으를 만   瞻 볼 첨   儼 의젓할 엄   畏 두려워할 외
暴 사나울 포

二. 솔선수범하는 지도자

지도자가 바르면

〈자로子路〉 공자께서 말씀하셨다. "자기 자신이 바르면 명령하지 않아도 행해지고, 자신이 바르지 못하면 비록 명령한다 하더라도 따르지 않는다."

子曰 "其身正, 不令而行. 其身不正, 雖令不從."
자왈 기신정 불령이행 기신부정 수령부종

❀ 국민들은 지도자의 말을 보는 것이 아니라 행동을 주시한다. 그 행동이 올바르지 않으면 아무리 말을 많이 하고 명령을 내려도 따르지 않는다. 윗물이 맑으면 아랫물은 저절로 맑다.

정치란 바르게 하는 것

02

〈안연顏淵〉계강자가 공자에게 정치에 대해 묻자, 공자께서 대답하셨다. "정치란 바로잡는다는 뜻이니, 그대가 솔선해서 바르게 한다면 누가 감히 바르지 않게 하겠는가?"

季康子問政於孔子. 孔子對曰 "政者, 正也. 子帥以正, 孰敢不正?"
계강자문정어공자   공자대왈   정자 정야   자솔이정   숙감부정

❀ 정치를 할 때 잘못된 이름과 개념을 바로잡고, 굽은 것을 곧게 펴고, 부패한 인사를 몰아내고 바른 사람을 등용하며, 지도자 스스로가 공명정대한 길을 간다면 누가 감히 부정한 짓을 할 수 있을까.

帥 솔선할 솔, 장수 수   孰 누구 숙   敢 감히 감

03 인재 등용의 원칙

〈안연顔淵〉 번지가 어짊에 대해 묻자, 공자께서 "사람을 사랑하는 것이다." 하셨다. 앎에 대해 묻자, 공자께서 "사람을 아는 것이다." 하셨다. 번지가 그 내용을 통달하지 못하자, 공자께서 말씀하셨다. "정직한 사람을 등용해서 부정한 사람의 자리에 두면, 부정한 자로 하여금 곧게 할 수 있는 것이다." 번지가 물러가서 자하를 만나 보고 물었다. "지난번에 선생을 뵙고 앎에 대해 물었더니, 선생께서 '정직한 사람을 등용해서 부정한 사람의 자리에 두면, 부정한 자로 하여금 곧게 할 수 있다' 하셨으니, 무슨 말씀인가?" 자하가 말하였다. "풍부하다. 그 말씀이여! 순 임금이 천하를 소유해 경영하실 때 여러 사람 중에서 고요를 선발해 들어 쓰시니, 어질지 못한 자들이 멀리 사라졌고, 탕 임금이 천하를 소유해 경영하실 때에 여러 사람 중에서 이윤을 선발해 들어 쓰시니, 어질지 못한 자들이 멀리 사라졌다."

樊遲問仁. 子曰"愛人"問知. 子曰"知人"樊遲未達. 子曰"擧
번지문인 자왈 애인 문지 자왈 지인 번지미달 자왈 거

直錯諸枉, 能使枉者直."樊遲退, 見子夏曰"鄕也, 吾見於夫子而
직 조저왕 능사왕자직 번지퇴 견자하왈 향야 오현어부자이

問知, 子曰'擧直錯諸枉, 能使枉者直.'何謂也?"子夏曰"富哉,
문지 자왈 거직조저왕 능사왕자직 하위야 자하왈 부재

言乎! 舜有天下, 選於衆, 擧皐陶, 不仁者, 遠矣. 湯有天下, 選於
언호 순유천하 선어중 거고요 불인자 원의 탕유천하 선어

衆, 擧伊尹, 不仁者, 遠矣."
중 거이윤 불인자 원의

❀ 인사(人事)가 만사(萬事)라고 했듯이, 연고주의를 벗어나 직

책에 가장 알맞은 정직하고 능력 있는 인재를 등용하는 정부

라면 누군들 그런 정부를 신뢰하지 않겠는가.

樊 울번 遲 늦을지 鄕 지날향 錯 버려둘조 皐 언덕고

04 말과 사람됨

〈위령공衛靈公〉 공자께서 말씀하셨다. "군자는 말을 잘한다고 해서 그 사람을 들어 쓰지 않으며, 사람이 나쁘다 하여 그의 좋은 말까지 버리지 않는다."

子曰 "君子, 不以言擧人, 不以人廢言."
자왈 군자 불이언거인 불이인폐언

🌸 그 사람의 말만 듣고 사람을 쓰는 것은 부족하다. 말을 얼마나 실천하는가까지 살펴야 비로소 그 사람을 알 수 있는 법. 그런데 사람이 문제가 있다고 해서 그 사람의 좋은 말과 문학까지 버릴 필요는 없지 않을까. 이광수의 행적이 밉다고 해서 그의 《무정》, 《사랑》 같은 작품까지 버린다면 우리 근대문학사가 얼마나 더 가난해지겠는가.

擧 들 거   廢 폐할 폐

정치 참여

〈학이學而〉 자금이 자공에게 물었다. "선생님께서 이 나라에 이르셔서 반드시 ㄱ 정사에 듣고 관여하시는데, 구해서 된 것입니까? 아니면 주어서 된 것입니까?" 자공이 말하였다. "선생님은 온순하고 어질고 공손하고 검소하고 겸양하여 이것을 얻으신 것이니, 선생님의 구하심은 일반인이 구하는 것과 다를 것이다."

子禽問於子貢曰 "夫子至於是邦也, 必聞其政, 求之與? 抑與之
자금문어자공왈   부자지어시방야   필문기정   구지여   억여지

與?" 子貢曰 "夫子 溫良恭儉讓以得之, 夫子之求之也, 其諸異乎
여   자공왈   부자 온량공검양이득지 부자지구지야   기저이호

人之求之與!"
인지구지여

✿ 공자는 온순하고 어질고 공손하고 검소하고 겸양한 도덕적

품성과 덕치주의(德治主義) 정치철학을 가지고 당시의 정치에

대해 논하였다. 이것은 다른 사람들이 권력욕을 가지고 정치
에 관여한 것과는 그 차원이 달랐다.

사욕을 가지고 정치에 관여하는 것과 도덕적 권위를 가지고
공공의 이익을 위해 부득이 정치에 참여하는 것은 차원이 다
르다.

성인의 정치

〈태백泰伯〉 공자께서 말씀하셨다. "우 임금은 내가 흠잡을 여지가 없으시다. 평소의 음식은 간략하게 하시면서도 제사 지낼 때에는 귀신에게 효성을 다하시고, 평소의 당신 의복은 검소하게 하시면서도 공식 석상에 입는 의관에는 아름다움을 다하시고, 사시는 궁실은 낮게 하시면서도 백성을 위한 치수 사업에는 힘을 다하셨으니, 우 임금은 내가 흠잡을 여지가 없으시다."

子曰 "禹, 吾無間然矣! 菲飲食, 而致孝乎鬼神. 惡衣服, 而致美乎
자왈　우　오무간연의　비음식　이치효호귀신　악의복　이치미호

黻冕. 卑宮室, 而盡力乎溝洫. 禹, 吾無間然矣."
불면　비궁실　이진력호구혁　우　오무간연의

　　우 임금은 9년의 홍수를 다스리느라 자기 집 부근을 세 번이나 지나면서도 들어갈 수 없었다고 한다. 그리고 자기 사생활은 지극히 검소하게 하면서 공적인 의식에는 품위 있는 옷

을 차려입었고, 자기가 사는 집을 소박하게 하면서도 물길을
내는 데 온 정성을 다하였다. 그래서 공자가 두말할 것도 없이
존숭하였다.

禹 하우씨 우 菲 엷을 비 飮 마실 음 鬼 귀신 귀 黻 수 불 冕 면류관 면
卑 낮을 비 宮 집 궁 溝 봇도랑 구 洫 도랑 혁

07 세금법

〈안연顏淵〉 애공이 유약에게 물었다. "해가 흉년이 들어서 재용이 부족하니 어찌하면 좋겠는가?" 유약이 대답하였다. "어찌하여 철법(10분의 1의 세금법)을 쓰지 않습니까?" 애공이 말하였다. "10분의 2의 세금법도 내가 오히려 부족하다고 여기는데, 어떻게 철법을 쓰겠는가?" 유약이 대답하였다. "백성이 풍족하면 임금께서 누구와 더불어 부족하실 것이며, 백성이 풍족하지 못하면 임금께서 누구와 더불어 풍족하시겠습니까?"

哀公問於有若曰 "年饑, 用不足, 如之何?" 有若對曰 "盍徹乎?"
애공문어유약왈 연기 용부족 여지하   유약대왈 합철호

曰 "二吾猶不足, 如之何其徹也?" 對曰 "百姓足, 君孰與不足, 百
왈 이오유부족 여지하기철야   대왈 백성족 군숙여부족 백

姓不足, 君孰與足?"
성부족 군숙여족

❀ 백성의 넉넉함이 왕의 넉넉함이고, 백성의 부족함이 곧 왕의 부족함이라는 공자의 애민 의식을 잘 보여 주는 대화이다. 백성과 함께 즐거워한다는 여민동락(與民同樂)과 백성과 함께 고통을 같이 한다는 여민동고(與民同苦)가 현자의 정치철학이다.

饑 주릴 기　盍 어찌 아니할 합　徹 통할 철, 세금 철　孰 누구 숙

三.

합리적인 정치

치국의 방법

<학이學而> 공자께서 말씀하셨다. "천 승이 되는 제후의 나라를 다스릴 때 나랏일을 공경한 마음을 가지고 하되 믿을 수 있게 하며, 씀씀이를 절약하고 인민을 사랑하며, 백성을 부리기를 때에 맞추어서 해야 한다."

子曰 "道千乘之國, 敬事而信, 節用而愛人, 使民以時."
자 왈   도 천 승 지 국   경 사 이 신   절 용 이 애 인   사 민 이 시

❀ 천승지국(千乘之國)은 네 필이 끄는 전거(戰車) 천 대를 동원할 수 있는 규모의 국가라는 의미로, 제후국을 지칭한다. 왕이 나라를 경영할 때에는 나랏일을 신중하게 처리해서 국민의 믿음을 얻고, 물자를 절약하고 인민을 사랑하며, 국민을 부리더라도 농사철을 피해 적절한 때에 해야 한다.

道 다스릴 도   節 마디 절

예법의 시행

〈학이學而〉 유자가 말하였다. "예법을 시행함에는 조화의 정신이 귀한 것이니, 선왕의 도는 이것을 아름답게 여겼다. 그리하여 작은 일과 큰일에 모두 이런 정신을 따른 것이다. 행하지 못할 것이 있으니, 조화의 정신만을 알아서 융통성 있게만 하고, 예로써 그것을 절제하지 않는다면, 이 또한 행할 수 없는 것이다."

有子曰 "禮之用, 和爲貴, 先王之道, 斯爲美, 小大由之, 有所不
유자왈 예지용 화위귀 선왕지도 사위미 소대유지 유소불

行, 知和而和, 不以禮節之, 亦不可行也."
행 지화이화 불이례절지 역불가행야

❀ 예법은 엄격한 것이므로 그것을 현실에 적용할 때에는 상황에 맞게 융통성을 발휘하는 것이 필요한데, 융통성을 발휘한다고 해서 원칙 없이 너무 무르게만 하면 곤란하다는 것.

03 상호 존중

〈팔일八佾〉 정공이 묻기를 "임금이 신하를 부리고, 신하가 임금을 섬길 때는 어떻게 해야 합니까?" 하자, 공자께서 대답하셨다. "임금은 신하를 부리기를 예로써 하고, 신하는 임금을 섬기기를 진실한 마음으로 해야 합니다."

定公問 "君使臣, 臣事君, 如之何?" 孔子對曰 "君使臣以禮, 臣事
정공문 군사신 신사군 여지하 공자대왈 군사신이례 신사

君以忠."
군이충

🌸 임금은 합리적인 이치와 명령으로 신하를 부리고, 신하는
진실한 마음으로 임금과 정부를 섬겨야 한다. 생텍쥐페리도
《어린왕자》에서 명령은 우선 이치에 근거해야 복종의 의무가
생긴다고 하지 않던가.

04 불공평을 걱정해야

〈계씨季氏〉 공자께서 말씀하셨다. "국가를 소유한 자는 적음을 근심하지 않고 고르지 못함을 근심하며, 가난함을 근심하지 않고 편안하지 못함을 근심하는 법이다. 고르게 분배되면 가난함이 없고, 조화롭게 하면 적음이 없고, 편안하면 기울어짐이 없는 것이다. 이와 같음으로 먼 지방 사람이 복종하지 않으면 학문과 덕을 닦아 그들을 오게 하고, 이미 오게 했으면 편안하게 하는 것이다."

子曰 "有國有家者, 不患寡而患不均, 不患貧而患不安. 蓋均無貧,
자 왈   유 국 유 가 자 불 환 과 이 환 불 균 불 환 빈 이 환 불 안 개 균 무 빈

和無寡, 安無傾. 夫如是故, 遠人不服, 則修文德以來之, 旣來之,
화 무 과 안 무 경 부 여 시 고 원 인 불 복 즉 수 문 덕 이 래 지   기 래 지

則安之."
즉 안 지

❀ 불만은 가진 것이 적거나 가난한 데서 생기기보다 차별과

상대적 박탈감에서 생긴다. 최근 신자유주의 경제 때문에 중산층이 사라지고, 소수의 거대한 부자와 다수의 가난한 일하는 사람으로 사회가 양극화되고 있다. 이런 때야말로 '고르지 못함'을 근심하는 경제민주화 정책이 구현될 필요가 있을 것이다.

患근심 환 寡 적을 과 均 고를 균 傾 기울 경

05 덕으로 인도하고

〈위정爲政〉 공자께서 말씀하셨다. "백성을 인도하기를 법으로 하고, 다스리기를 형벌로 하면, 백성이 형벌을 면할 수는 있으나, 부끄러움은 없을 것이다. 백성을 인도하기를 덕으로 하고 다스리기를 예로써 하면, 백성이 부끄러워함이 있고, 또 선에 이르게 될 것이다."

子曰 "道之以政, 齊之以刑, 民免而無恥. 道之以德, 齊之以禮, 有
자왈   도지이정   제지이형   민면이무치   도지이덕   제지이례   유

恥且格."
치 차 격

❀ 권위적인 정부는 법률과 형벌, 긴급조치와 전투경찰로 다스리지만, 민주적인 정부는 국민들의 자발성과 창의성을 존중하면서 예와 덕으로 다스린다.

齊 가지런할 제   免 면할 면   恥 부끄러울 치   格 바로잡을 격, 이를 격

06 백성을 가르쳐야

〈자로子路〉 공자께서 말씀하셨다. "가르치지 않은 백성을 써서 전쟁하는 것, 이것을 일러 백성을 버리는 것이라 한다."

子曰 "以不敎民戰, 是謂棄之."
자 왈   이 불 교 민 전   시 위 기 지

☉ 사람의 능력 이상으로 무리한 요구를 하는 것도 하나의 폭력. 훈련을 시키지 않고 전쟁터로 내보내는 것은 백성의 생명을 귀하게 여기지 않는 폭군의 행태가 아니고 무엇인가.

棄 버릴 기

07 백성을 사랑하는 정치

〈옹야雍也〉 자유가 무성의 읍 책임자가 되었다. 공자께서 "너는 같이 일한 사람을 얻었느냐?"라고 묻자, 자유는 대답하였다. "담대멸명이라는 자가 있는데, 길을 다닐 적에는 지름길로 경유하지 않으며, 공적인 일이 아니면 일찍이 저의 집에 이른 적이 없습니다."

子游爲武城宰. 子曰 "女得人焉爾乎?" 曰 "有澹臺滅明者, 行不
자유위무성재　자왈　여득인언이호　　왈　유담대멸명자　행불

由徑, 非公事, 未嘗至於偃之室也."
유경　비공사　미상지어언지실야

　❀ 아무리 좋은 일이라도 자기 혼자 다할 수 없지 않은가. 그래서 같이 일할 뜻있는 동지가 필요하고, 손발이 맞는 참모가 필요한 법. 자유는 정치를 하면서 매사를 곧게 처리하고 공사를 분간할 줄 아는 사람을 얻었으니 얼마나 든든해했을까.
　일을 원칙에 따라 처리하고, 편법을 쓰지 않는 참모가 있고, 같이 더불어 의논할만한 벗들이 있어, 집단지성을 발휘한다면 아무리 힘든 일도 너끈히 처리해 갈 수 있을 것이다.

좋은 사람을 모아 '멋진 팀'을 짜는 것, 이것은 모든 일의 성패를 좌우할 것이다.

澹 담박할 담   敦 돈대 대   滅 멸망할 멸   嘗 맛볼 상   偃 쓰러질 언

현대인을 위한 고전 다시 읽기 01

논어

보급판 1쇄 인쇄 · 2018. 7. 1.
보급판 1쇄 발행 · 2018. 7. 15.

발행인 · 이상용 이성훈
발행처 · 청아출판사
출판등록 · 1979. 11. 13. 제9-84호

주소 · 경기도 파주시 회동길 363-15
전화 · 031-955-6031 팩시밀리 · 031-955-6036
E-mail · chungabook@naver.com

ISBN 978-89-368-1129-7 04800
ISBN 978-89-368-1128-0 04800 (세트)